鋼殻のレギオス
CHROME SHELLED REGIOS
16 スプリング・バースト
なぜ放っているのか？
――リーリンを暗殺しようという動きを

「ぬるいわ
ここは儂の戦場だ」
老人の身体を貫くはずだった。

無数の鋼糸による極小の刺突の雨は

メイシェンがヴァティのために
切り分け持たせてくれた
ケーキを見つめる。
『美味しかった？』

鋼殻のレギオス16
スプリング・バースト

雨木シュウスケ

ファンタジア文庫

1733

口絵・本文イラスト　深遊

目次

プロローグ――仙者の目覚め―― 5
01 春と闘争《とうそう》 10
02 真実と現実 41
03 魔境《まきょう》と行進 101
04 仙者と扇動者《せんどうしゃ》 134
05 運命の迷子 192
エピローグ 247
あとがき 257

登場人物紹介

●レイフォン・アルセイフ　16　♂
主人公。第十七小隊のルーキー。グレンダンの元天剣授受者。戦い以外優柔不断。
●ニーナ・アントーク　19　♀
第十七小隊の小隊長。強くありたいと望み、自分にも他人にも厳しく接する。
●フェリ・ロス　17　♀
第十七小隊の念威繰者。生徒会長カリアンの妹。自身の才能を毛嫌いしている。
●クラリーベル・ロンスマイア　15　♀
ティグリスの孫で三王家の一人。レイフォンを倒すことに闘志を燃やす。
●リーリン・マーフェス　16　♀
レイフォンの幼なじみ。グレンダン王家の血を受け右眼に「茨輪の十字」を宿す。
●ヴァティ・レン　♀
ツェルニ内部で監視を続けるナノセルロイド。正式名はマザーＩレヴァンティン。

プロローグ――仙者の目覚め――

それは薄《うす》く目を開けた。

硬《かた》く引き結ばれた唇《くちびる》がわずかに開く。ゆっくりと漏《も》れた息は「ほう」という呟《つぶや》きを形にし、空気を震《ふる》わせた。

「では、ニーナはお前の思惑《おもわく》からは外れた。そういうことか？」

震わせた声は重く低い、男の声だ。長い間声を発していなかったのか、やや掠《かす》れ、乾《かわ》いている。

「それは、判断が難しいところです」

答えたのは、麗《うるわ》しい女性の声だ。

「ツェルニは明らかに、独自の行動を取るつもりではあるようですが」

「この事態にただ一都市でか。確かに特殊《とくしゅ》な環境《かんきょう》を作ってはいたようだがな」

「そのための慢心《まんしん》、そう受け止めるべきか、判断に苦しみます」

細く開けられた目が動き、声の主《ぬし》を捉《とら》える。美しき半鳥半人がそこにいる。仙鶯《せんおう》都市に宿る電子精霊《せいれい》にして、全《すべ》ての電子精霊の母、シュナイバルの姿がそこにあった。

明かりの類はなく。シュナイバルの放つ光だけが周囲から闇《やみ》を削《けず》り取《と》る。しかし、削り取られた闇の奥からなにかが現われるということはなかった。ただ平板な空間だけがこの場に存在している。

中央で瞑目する声の主を除けばの話だが。

まるで古木のような男だ。無駄《むだ》な肉が全て削《そ》ぎ落とされ、そして磨《みが》き上げられたかのような艶《つや》がある。外見は老人のようではあるが、その肌《はだ》には老いによるたるみや皺《しわ》などはない。シュナイバルの放つ光を力強く跳《は》ね返《かえ》す張りすらあった。

だが、髪《かみ》は白い。顎《あご》に生《は》えた鬚《ひげ》も白い。細く開けられた目から放たれる眼光はその存在感のごとく重く、そして鋭《するど》い。どこか、生気とは別のものを体に宿している。

ひどく、奇妙《きみょう》な老人である。

まるで置物のようであった。ひどく精緻《せいち》に作られた木像のようだった。

「お前を信用していないか」

「そういうことでしょうか？」

老人の言葉に、シュナイバルはひどく素直に狼狽《ろうばい》を面《おもて》に表した。それに、老人は苦笑を浮《う》かべる。口角に浮かんだ皺から人の皮膚《ひふ》とは思えない乾いた音が破裂《はれつ》する。

「知らんよ。お前の印象はどうだったかと聞いている」

声が徐々《じょじょ》に潤《うるお》いを帯びてくる。変わらずに低いが、芯《しん》のある声はどこまでも響《ひび》いていきそうな力強さが宿っている。

「わかりません。あの子の考えがわからない」

「ふっ……」

その言葉に声の主は目を細めて笑った。

「まるで子供の反抗期《はんこうき》にうろたえているようだな」

「事実、そうかもしれません」

「ん？」

「あの子は独《ひと》り立《だ》ちのときからこの世界の外と深い関《かか》わり合いを持ってしまった。独自に、我々の計画を知るよりも前に、あの闇に触《ふ》れた」

「それによって変質したと？　お前さえも知らない変化を」

「かもしれません」

「ふん」

老人が吐《は》き捨《す》てる。

その体が徐々に変化していく。

シュナイバルの放つ光を受けて奇妙な光沢《こうたく》を放っていた肌に、人に相応《ふさわ》しい湿度《しつど》が宿り、光を浸透《しんとう》させる。動く隙《すき》もなかったほどの張りに余裕《よゆう》が生まれ、関節が動く。

老人の体が光に沈《しず》む。しかしそれは、木像から、置物から、生物へと帰還《きかん》した証左であった。

「動いてくださいますか？　あなたが」

シュナイバルが呟く。それは祈《いの》るようでもあった。半鳥半人。人に非《あら》ず。肉を持たず、電子によって構成された半生命体。電子精霊たちの主《あるじ》であるシュナイバルが、まるで少女のように、懇願《こんがん》するかのように、老人を見つめる。

「ああ、動くさ。動かねばなるまいよ。だが、お前の思う通りになるかはわからんな」

「それは……？」

「ニーナがツェルニの運命に引き込まれたか否《いな》か。それを確かめねばなるまいよ」

「では、やはり……」

「引き込まれているならば、連《つ》れ戻《もど》さねばなるまいよ」

「ジル……」

「あれは、必要な娘《むすめ》だ」

老人が立ち上がる。

そこにいるのは、もはや枯《か》れて硬い木像のような老人ではなかった。眼光は闇を威圧《いあつ》して押しのけ、潤いを取り戻した肌は人のそれであり、放たれる覇気《はき》が、吐き出される息が空気を深く長く震わせる。

そこにいるのは一人の戦士だった。

「ツェルニの企《くわだ》てになどくれてやるわけにはいかぬ」

老人は立ち上がる。深く長く息を吐く、吐き続ける。

そこに宿る剄《けい》の色は黄金を纏《まと》い、自ら闇を払《はら》い、戦士の姿をシュナイバルの前にさらす。

赤き鉄《くろがね》を右に従えたその姿はもはや枯《か》れ枝《えだ》ではない。

傲然《ごうぜん》たる覇気を放つ、戦士だ。

01　春と闘争《とうそう》

春の日差しを受けて若葉が木々に宿る。都市の移動は汚染獣《おせんじゅう》の行動を受け、一年を通して規則的というわけではない。しかし都市に宿る木々、植物はそんな気候の急変を長い年月をかけて受け入れる強さを得、春には春の様相を呈《てい》す。

若葉の薄緑《うすみどり》は春の陽光を半ば透《す》かし、半ば跳ね返し、ツェルニの空気に生命の萌芽《ほうが》を予感させる気配を撒《ま》く。

そんな雰囲気《ふんいき》の中、入学式が滞《とどこお》りなく終わり、新入生たちが新生活に慣れ、一通りの落ち着きを手に入れた頃《ころ》……

野戦グラウンド。

学園都市ツェルニにおいて、武芸者が正式な手続きを経て戦うとなればまずこの場所だ。集団戦をこなすための十分な広さが取られたグラウンドはその名に相応しくなく、丘《おか》もあれば人造の林もあり、ときには足を取られる砂地、泥沼《どろぬま》まで作られる。石の塔《とう》が林立すれば、武芸者たちはその頂点で苛烈《かれつ》な空中戦を演じる。

この日、特別な試合が組まれていた。小隊対抗戦《たいこうせん》は、都市同士のセルニウム鉱山を賭《か》けた武芸大会が行われる時期ではないため、規模が縮小され、開催《かいさい》時期も遅《おそ》く設定されている。そのため、いまだ行われてはいない。新入生や年度の上がった武芸科生徒たちの実力をじっくりと眺《なが》める余裕がこの年にはあった。

この日の試合は、新入生たちに学園都市ツェルニにおける小隊対抗戦がどんなものか、それを見せるために行われた。

そういう体裁を取って、新生徒会長サミラヤ・ミルケと、新武芸科長ゴルネオ・ルッケンスの認可が下りている。

観客たちは、新入生を優先的に観客席に座れるようにしたため彼らが多い。直《じか》に観戦できなかった生徒たちも外に設置された大型モニターで、あるいは自分の部屋のモニターで観戦している。モニターによって配信される娯《ご》楽《らく》の多くが、都市外から輸入されたムービー・データであるため、こういう生《なま》のイベントはツェルニに限らず都市民に喜ばれる。

戦っているのは、第十四小隊と第十七小隊だ。

だが、隊同士の戦いの趨勢《すうせい》は開始から十分でおおよそ決した。武芸者たちの速度によって生み出される戦いとしては、この十分というのは長い方である。

今回はどちらかの隊長が倒《たお》れるまで続くルールの下《もと》で行われた。

シャーニッドの援護《えんご》の下に切り込んできたダルシェナの迎撃に戦力が集中している間に、

殺剄《さっけい》をしたニーナが第十四小隊隊長、シンに肉薄《にくはく》し、一騎打《いっきう》ちを演じたのだ。

「いや、参った」

シンが自分の手にした錬金鋼《ダイト》を見て呟いた。彼の武器は細剣だが、剣身《けんしん》が半ばから折れている。細剣という武器は小回りも利《き》き、切っ先に速度を乗せる上でこれ以上ない武器ではあるが、やはり強度に問題がある。ニーナの扱《あつか》う鉄鞭《てつべん》とまともに打ち合えば、すぐに力負けする。そのことは承知で、そのために力をいなす技術にはかなりの精力を割《さ》いてきたつもりだが、それもいまのニーナの前では長く保《も》たせることはできなかった。

「この間まで良い勝負してたはずなんだけどな、あっという間に差を付けられちまった」

「そんな……」

第十七小隊設立前、ニーナは第十四小隊にいた。そのときからの先輩《せんぱい》の褒《ほ》め言葉《ことば》に、ニーナは落ち着かない気持ちになる。

「まぁ、いいさ。後輩《こうはい》が育つのはなかなか感慨深《かんがいぶか》い。それがおれの手を離《はな》れた奴《やつ》でもな」

「……………」

「それに、今回のおれたちは前座だしな」

シンのその言葉に、ニーナは背後を振《ふ》り返《かえ》った。お互《たが》いの隊長を倒さなければこの試合は終わらない。シンは、武器を折られたものの、いまだに倒れたわけではないし、降伏《こうふく》を示したわけでもない。

試合は終わっていない。

しかし、ニーナの手は止まり、その隙を突《つ》いてシンが動くということもない。

二人の視線は、野戦グラウンドの中央、林立する石の塔に向けられていた。

「ははっ、いいですね、こういうの」

クラリーベルは上機嫌《じょうきげん》だった。手では胡蝶炎翅剣《こちょうえんしけん》が彼女の剄《けい》を受けて赤く輝《かがや》き、第十四小隊の飾《かざ》りの多い黒の戦闘衣《せんとうい》と合わさって、まるで彼女を夜の使者のように見せている。

やや離れた場所にある石塔《せきとう》に、レイフォンは立っていた。手にしているのは青石錬金鋼《サファイアダイト》の刀。

「……………」

レイフォンは、黙《もく》して刀身に触れる風の具合を確かめる。緩《ゆる》やかながらも押しの強い風が全身を圧迫《あっぱく》するのを感じつつ、クラリーベルを観察していた。

とても楽しそうだ。

それはそうだろう。彼女がツェルニへ来た目的がレイフォンとの本気の戦いだというのだから、この試合が設けられたことが嬉《うれ》しくてしかたないに違《ちが》いない。

「以前のような気の抜《ぬ》けたのはなしですからね」

釘《くぎ》まで刺《さ》してくる。

レイフォンは苦笑を返すこともなく、ただ、刀身で風を感じ続ける。その態度をどう受け取ったのか、クラリーベルは笑《え》みを深くして剄の圧力を上げる。

今にもかかってきそうな雰囲気だが、クラリーベルはそうしない。ただ、剄の圧力だけは徐々に上げている。それを訝《いぶか》しんでの、刀身での風読みだった。

風上はクラリーベルの背後にある。吹《ふ》き付《つ》ける風の強さは彼女の剄の圧力に比例して強くなっていく。

彼女が扱うのは化錬剄《かれんけい》だ。変幻自在《へんげんじざい》を旨《むね》とする剄術《けいじゅつ》を使う気なら、クラリーベル当人だけを気にするわけにはいかない。突如《とつじょ》背後からなにかが襲《おそ》いかかってきたとしても、驚《おどろ》くべきことではない。

やはり、風か。しかし風そのものから剄は感じない。なら、これはそう見せかけているだけか。本命は別にあるのか。

胡蝶炎翅剣から漂《ただよ》う剄はこちらを幻惑《げんわく》させるためだけのもの……そう決めつけているのだが、その自信も危うくなる。見ているものに惑《まど》わされてはダメだ。起こったことに確実に対処していくしかない。レイフォンは改めてそう腹をくくると、刀身で風を読むのを止《や》めた。

「……む」

それを見たクラリーベルが笑みを消した。レイフォンの行動をどう受け取ったか。だが、すぐに笑みはよりいっそう深みを増して浮かび上がる。

「戦い好きだなぁ」

このときになってレイフォンはこの試合で初めて言葉を発した。クラリーベルの浮かべる笑みがサヴァリスのそれと被《かぶ》って見えたのだ。彼女の祖父はティグリスで、師はトロイアットだ。サヴァリスとは面識があったとしても深い付き合いがあったとは思えない。それなのに彼に似ているというのはどういうことか。

グレンダン出身の戦い好きはそういう顔になってしまうのかもしれない。あるいは出身地など関係なく、ただ単に、戦い好きが浮《う》かべる笑みとはこういうものであるというだけなのかもしれない。

おそらくは後者だろう。

美人というよりもかわいらしいという表現が似合うクラリーベルがそういう笑みを浮かべると、サヴァリスよりも凄惨《せいさん》な雰囲気を醸《かも》し出す。

もちろん、凄《すご》みという点ではサヴァリスの方がより深いのだが。

った。

「………」

レイフォンの発言を戦いの中の詐術《さじゅつ》と受け止めたのか、クラリーベルはなにも答えなかった。

クラリーベルから放たれる剄に乱れはない。胡蝶炎翅剣は剄の炎《ほのお》をこれ見よがしに燃やし、それ以外の流れを読ませようとはしない。

ここまで時間をかける意味とはなにか？　考えようとして、止めた。来たものに対応すればいい。そういう心持ちを維持《いじ》する。反射神経を極限まで張《は》り詰《つ》めさせるのだ。そうすれば、なにかに的を絞《しぼ》り、それが外れた場合よりも早く、的確に動ける。

クラリーベルが口を開く。

「では……いきますよう」

だがその言葉を聞くよりも早く、レイフォンは跳《と》んでいた。彼女の言葉そのものが罠《わな》だ。

「では」の部分ですでに異変が起き、「いきますよう」でレイフォンのいた石塔が破裂《はれつ》する。

彼女の言葉に耳を傾《かたむ》けていれば、目に見えていた彼女に注目していたらそれだけ反応が遅《おく》れていた。

爆砕《ばくさい》した足下から石の破片を押しのけて剄弾《けいだん》が飛び出してくる。半物質化した無数の剄弾は軌道《きどう》を読ませないためか円を描《えが》くように身をくねらせながらレイフォンに迫《せま》る。

ZUE
UNIV

足を摑《つか》もうとするかのように追いすがる剄弾を、しかしレイフォンは青石錬金鋼《サファイアダイト》の刀で切《き》り裂《さ》くことなく、衝剄《しょうけい》をばらまいて撃墜《げきつい》することなく……踏《ふ》んだ。半物質化したそれは爆発《ばくはつ》に刹那《せつな》の間が存在し、その間を利用してレイフォンは方向転換《てんかん》する。

爆発音を背中で聞きながら方向転換。クラリーベルへと向かう。

「さすが」

爆音《ばくおん》の中でクラリーベルの声が届く。気配のある場所とは違う。これも化錬剄だ。惑わしとわかっているものにかまう必要はない。気配へ向けて直進あるのみ。

そう、気配だ。

レイフォンは直進する。背後から追いすがる剄弾を凌駕《りょうが》する速度で、いまだ石塔で身構えるクラリーベルの右側をすり抜ける。

「っ!」

クラリーベルの表情が驚きに歪《ゆが》む。同時に、レイフォンの生み出した速度によって巻き起こった風が、彼女の姿を吹き散《ち》らす。

虚像《きよぞう》だ。

そしてレイフォンの斬撃《ざんげき》が、虚像の背後にあった石塔を両断する。斜《なな》めに切断され、自重で滑《すべ》り落ちていく石塔の背後からクラリーベルが飛び出してきた。

「これを読まれますか！」

クラリーベルの声には歓喜《かんき》がある。

だが、その声もその姿もレイフォンは無視する。滑り落ちる石塔を蹴《け》りつけ落下方向を変化させながら自らも進行方向を変える。

真下に。

「なんのつもり……きゃうっ！」

石塔から飛び出してきたクラリーベルがその行動に虚《きょ》を突かれ、なにかが頭から胴体《どうたい》をすり抜けていく。

石塔の破片だ。拳《こぶし》大のそれが彼女を通過して落下していき、姿が消える。

またも虚像。

では、レイフォンが突き進《すす》む先に本物のクラリーベルがいるのか？

否《いな》。

地面に向けて突き進むレイフォンの速度が緩むことはない。観客の中でその速度を見ることができる、追いかけることができる武芸者が悲鳴を上げたり息を呑《の》んだりした。彼らにはレイフォンが自分の速度を持てあまして地面に激突するかのように見えた。

だが、そうではない。

誰《だれ》もが彼の無残な落下事故の瞬間《しゅんかん》から目をそらしたそのとき、レイフォンの姿がかき消えた。空気の塊《かたまり》が地面をわずかばかり削《けず》り、土煙《つちけむり》が円を描いて広がっていく。

「え？」

驚きの声を上げたのはクラリーベルだ。彼女もまた、潜《ひそ》んでいた場所からレイフォンの消失に驚いた。

もちろん、それは長いことではない。

強烈《きょうれつ》な気配を放つことで認識を誤らせたのだと判断する。

内力系活剄《かっけい》の変化、疾影《しっえい》だ。一瞬《いっしゅん》の判断を誤らせる剄技《けいぎ》のはずだが彼の放った気配があまりに強力だったために、落下の瞬間までそこにレイフォンがいると思い込んでしまった。

では、レイフォンはどこに？

隠《かく》れ、不意を打つ側だったはずのクラリーベルが、いつのまにか目標を見失い、探し出す側に回らされてしまっている。この失態にクラリーベルは舌打ちしたい気分を抑《おさ》え、殺剄を強め、視線を動かす。レイフォンが疾影を使って息を潜めたことに気づけなかった。

しかしそうした以上、彼もまた殺剄を行い、どこかに潜んでいるはずだ。

いや……

考えを翻《ひるがえ》したことに、理性的な動機はなかった。ただ、考えるよりも先に体が動いていた。彼女は潜んでいた場所から飛び出し、胡蝶炎翅剣を腕《うで》が動くままに動かした。瞬間、クラリーベルが身を潜めていた石塔が崩《くず》れる。構えた胡蝶炎翅剣の赤い刃《やいば》から火花が散り、幾筋《いくすじ》もの斬線を受け止めた。

レイフォンがすぐそばにいた。青石錬金鋼《サファイアダイト》の青い切っ先が眉間《みけん》をちりちりと刺激《しげき》する。斬撃を受け止められたのは、殺剄からの攻撃《こうげき》のため普段《ふだん》よりも動きの切れがよくなかったためだろう。そうでなければいまの攻撃で終わっていた。

幸運か、それもまた実力か、微妙《びみょう》な境界線に立たされたクラリーベルは背筋を震《ふる》わせる感触《かんしょく》に慄《おのの》きながら、殺剄を解き、剄を全力で解き放った。

それにレイフォンも応《こた》える。

野戦グラウンド全体が刹那、振動《しんどう》した。解き放たれた剄がぶつかりあったためだ。

その最中にもクラリーベルは目まぐるしく頭を動かす。さきほどのレイフォンの消失。あのとき彼はどこにいたのか？　クラリーベルの位置が知られたのは、レイフォンの疾影に自分が驚いたからだ。

あの気配はあまりにも濃《こ》かった。自分だけではなく観客までも惑わしていたに違いないのは、周囲から上がった声でわかる。遠くから観察していた武芸者でさえも惑わしたのだ。思い込みを利用したとしても、その幻惑の精度はただ気配を放っただけと考えるのは難しい。しかし、あれはただの気配だ。

なら、あの気配のすぐ背後にいた？　途中《とちゅう》までは本物。途中から疾影と入れ代わり、こちらの反応を引き出した？　だからこそ、放たれた気配の減衰《げんすい》がごくわずかで済んだのかもしれない。

そう考えるべきか？

（戦闘中の駆《か》け引《ひ》きではまだまだ及《およ》びませんか）

結論づける。化錬剄という幻惑を主にする剄技を学んでいるというのに、その分野でさえもレイフォンに一歩遅れる。それは、クラリーベルが、まだまだ技に使われているということなのかもしれない。

そしてレイフォンは技を使っている。自らの技の長所短所を正確に把握《はあく》し、必要なときに必要な用途《ようと》で使うことができる。だからこそ、相手を幻惑するために、技を応用することができる。

「ならば次は近接戦です」

宣言するとクラリーベルはレイフォンに向かっていく。詐術ではなく本物の突進《とっしん》。低く身構えレイフォンの懐《ふところ》に一気に飛び込み、レイフォンの顎《あご》を殴《なぐ》る勢いで胡蝶炎翅剣を切り上げる。

レイフォンはそれを飛び退《の》いてかわす。刃に宿った剄が周囲を荒《あ》らすが、身に纏《まと》った剄がそれを弾《はじ》き、火花を生む。

焼ける空気が視界を橙色《だいだいいろ》に染める。それを冷静に眺《なが》めながらレイフォンは追いすがるクラリーベルに合わせて後退を続ける。

放たれる斬撃の全《すべ》てをかわす。お互《たが》いの体から放たれる剄がぶつかり合う。不定形のまま放たれる剄だが、それらは主《あるじ》の意思を明確に表す。レイフォンの剄はクラリーベルを拒《きょ》絶《ぜつ》し、クラリーベルの剄はレイフォンに深く入り込もうと先端《せんたん》を鋭《するど》くする。攻守《こうしゅ》の形をそのまま剄が表し、二人の距離《きょり》は縮まらないまま野戦グラウンドを駆け抜ける。

「くっ」

攻《せ》めるクラリーベルが焦《じ》れた声を零《こぼ》す。後一足の距離を縮められない。それはレイフォンが速度を合わせて後退を続けるからであり、放たれる拒否《きょひ》の剄を振《ふ》り払《はら》えないからでもある。しかもレイフォンの右手……そこに握《にぎ》られた刀は自由なまま。それもまたクラリーベルに圧迫《あっぱく》をかけてくる。

攻めているのはクラリーベルだが、その実、精神的に追いつめられているのが彼女でもあった。

「…………」

レイフォンは無言でかわすことに集中している。しかし、彼とて余裕《よゆう》があるわけではない。

こと体術に関していえば、クラリーベルの実力はレイフォンとそれほど差はないと感じている。切っ先にこもった闘志《とうし》は確実にレイフォンの精神を削っている。ただ、彼女の焦《あせ》りがそれに気付いていないだけだ。

ハイアと同じ感触だ。差が明確にあるとすれば剄力《けいりょく》、その他に精神力の部分もそうか。レイフォン自身にも脆《もろ》い部分があることは認めるが、それ以外では概《おおむ》ね、戦いに関して感情を持ち込まないようにしている。戦いは手段であり目的ではない。しかし、戦い好きとは戦いそのものを目的とする。レイフォンと戦いたがるクラリーベルもそうだ。彼女の本質までがそうなのかはわからないが、いまの戦いに関してはそうだ。レイフォンと戦うためだけに、クラリーベルはツェルニにまでやってきた。

ならば彼女は戦い好きか？

グレンダンで再会したときの彼女は、先ほどと同じように戦い好きの笑みを浮《う》かべていた。

だが……

「………」

「なんですかっ！　その目はっ!?」

クラリーベルの目が怒《いか》りに燃え、胡蝶炎翅剣が朱《しゅ》を濃くする。剣舞《けんぶ》の拮抗《きっこう》を彼女自身が打ち破る。剄の変質するわずかな間を利用して距離を開ける。

「バカに……してっ！」

外力系衝剄の化錬変化、紅蓮波濤《ぐれんはとう》。

クラリーベルの叫《さけ》びとともに全てが紅《くれない》に満ちた。レイフォンを囲むだけではない。それはクラリーベルの胡蝶炎翅剣を中心に爆発的《ばくはってき》にその領域を広げ……正確には石塔林《せきとう》全域を紅が埋《う》め尽《つ》くし、そして一斉《いっせい》に、まるで巨大《きょだい》な不定形生物の捕食《ほしょく》行動のごとくレイフォンに向かっていく。

これら全て、クラリーベルの一瞬の剄力によって為《な》しえたわけではない。レイフォンを幻惑《げんわく》するために石塔林に伏《ふ》せておいた未化錬の剄の網《あみ》を利用したものだ。

たとえ瞬発的《しゅんぱってき》な、総合的な剄量で敵《かな》うはずがないとしても、化錬剄の奥義《おうぎ》であるこの伏《ふく》剄《けい》を利用すれば、一度や二度ならば互角《ごかく》、あるいは凌駕することは可能なはずだ。

「これを見て、まだそんな顔、できますか!!」

クラリーベルの叫びは、紅の獣《けもの》の叫びとなり、怒濤《どとう》を呼び起こしてレイフォンに迫《せま》る。

「っ！」

身を焼く剄の圧力に、レイフォンは後退を中止、青石錬金鋼《サファイアダイト》を腰《こし》だめに、抜き打ちの構えに変化させる。

サイハーデン刀争術奥義、焔切り《ほむらぎり》。

「その技は知っています！」

クラリーベルは叫ぶ。紅が吠《ほ》える。

「この剄が切れますか？　あなたに？　その刀で!?」

「…………」

レイフォンは沈黙《ちんもく》。ただ、構えを続ける。

「天剣《てんけん》のないあなたに捌《さば》ききれますか？　これが!?」

「…………」

レイフォンは、無言。ただ柄《つか》を握り、刀身に左手を添《そ》える。剄を練る。その速度は眼前に迫る剄の炎熱《えんねつ》を前にしても乱れることなく上昇《じょうしょう》を続ける。

戦闘用《せんとうよう》の長靴《ながぐつ》の底からも熱が伝わる。見渡《みわた》す限《かぎ》りだけではなく、地面からも炎熱はレイフォンに這《は》い寄《よ》って来ようとしている。その速度はやや遅《おそ》いものの、眼前にあるものを対処するのが遅《おく》れれば、その隙《すき》を突《つ》くようにして襲《おそ》いかかってくるだろう。

そしてそのときには、レイフォンに逃《に》げ場《ば》はない。

いまでさえもない。

クラリーベルの声なき気勢に押され紅蓮《ぐれん》の波濤はもはや手の届く距離にある。研《と》ぎ澄《す》まされた集中力が刹那《せつな》を寸断し、世界をコマ送りにする。

キン……

レイフォンの体内に響《ひび》くのは、あえて拾い上げる音は、これだった。

キン……キン……

剄を練り、その密度が増すごとにそれは澄んだ音を鼓動《こどう》のごとく響かせる。不純物のないその音は作成者の精魂《せいこん》が生み出した音だ。

キン……キン……

それは、青石錬金鋼《サファイアダイト》に剄の奔《はし》る音だ。

キン……キ、キン…………

剄の密度を上げるごとに鼓動は速度を増す。
キ、キ、キン……キウゥゥン…………
剄の密度を上げるごとに、鼓動は乱れる。

それはこの青石錬金鋼の限界を示す音。これ以上の剄は込められないという音。これより先の物理的世界に到達《とうたつ》することは不可能だという音。

それは鉄の哀《かな》しい泣き声。

それを耳にし、レイフォンは目を開けた。意識を開けた。コマ送りの世界を現実へと引き戻す。

炎熱が頰《ほお》を焼き、髪《かみ》を焦《こ》がし、眼球を乾《かわ》かす。飲み込まれたその瞬間《しゅんかん》にレイフォンの肉体は消し炭と化す。もはやこれは学園都市における安全な戦いではなく、生と死の境界線上で行われる生命の衝突《しょうとつ》だった。

柄を改めて握り直す。右手に感じるのは剄の頑《かたく》なな律動。左手に感じるのは刀身に宿る研ぎ澄まされた剄の疾走《しっそう》。その力を一方向へと向かわせるべく押さえつける鎖《くさり》の悲鳴。

放つ。

解き放つ。

抜き放つ。

左手の上を刃《は》が滑《すべ》る。刀身と左手の剄が反発を生み、反発からの解放を生み、火花を生み、炎《ほのお》を生む。

だがそれらは余波でしかない。全ては解き放たれた刃にこそ収束する。

なにを切るか、なにを切れるか。放たれた刃の鋭さだけではない。なにに対し、どこに対し、いつに対して、その刃は放たれるのか、斬線は刻まれるのか。

眼前に向けて。

レイフォンを焼く炎熱に向けて。

クラリーベルの情熱に向けて、彼女の苛立《いらだ》ちに向けて、刃を放つ。斬線を描《えが》く。

焔切りの炎は化錬剄の炎熱の前で虚《むな》しく消滅《しょうめつ》する。だが、青い鋼《はがね》の一閃《いっせん》は消えることはない。それは刻まれ、炎熱を二つに裂《さ》く。

だが、それでは足りない。それだけでは足りない。彼女の炎は周囲にあり、彼女の牙《きば》はいまもなお向かっている。眼前のそれを二つに分けただけでは意味はない。

だが、レイフォンは動かない。二の太刀《たち》を放つことはない。刃を放った残心のまま微動《びどう》だにせず、自らの刻んだ青い傷痕《きずあと》を見つめる。

二つに裂かれた炎熱は一瞬《いっしゅん》、勢いに揺《ゆ》らぎが生まれたものの、それは一方向的なものでしかなく、全方位から襲いかかっている以上、全体としては問題なくレイフォンを焼くべく突き進む。

だが、それこそレイフォンの望む状態だった。焔切りの形のままの硬直《こうちょく》が解ける。眼前で二つに分かれた炎熱の向こうにある景色。それこそがレイフォンが求めていたものだった。

刃が翻《ひるがえ》る。天を突き、地に向かう。

そして消失する。

天剣技《てんけんぎ》、霞楼《かすみろう》。

物理的限界。青石錬金鋼《サファイアダイト》の悲鳴。切り裂ける炎熱の光景。

駆《か》け巡《めぐ》る不可視の斬線は炎熱だけを切っているわけではない。石塔林全体に隠《かく》されていたクラリーベルの伏剄を、そしてそこに繋《つな》がり制御《せいぎょ》している胡蝶炎翅剣を切っている。伏せられた剄の全てが一度に解き放たれたわけではない。そしてこの剄技が放出の瞬間のみ制御された爆発的なものではないことも、放たれた後から変化したことで明白だ。変化するということは力を制御する存在があり、そしてそれが一方向的な爆発《ばくはつ》に類する破壊《はかい》現象ではない以上、そのエネルギーに方向性を与《あた》えるがためのエネルギーも必要となる。

レイフォンの不可視の斬撃はそれらを切り、紅蓮波濤《ぐれんはとう》の制御を奪《うば》う。

「あうっ！」

クラリーベルが悲鳴を上げる。胡蝶炎翅剣が澄んだ音を立てて砕《くだ》けたのだ。

轟《とどろ》く炎熱に変化が訪れる。波濤《はとう》を操るエネルギーが霧散《むさん》し、動きから統率が失われる。霞楼の生み出した斬撃の楼閣《ろうかく》がレイフォンに向かう波濤を二つに分ける。吹《ふ》き荒《あ》れる炎熱の余波がレイフォンを包む防御《ぼうぎょ》の剄を撫《な》でて過ぎていく。

その手の中で、青石錬金鋼《サファイアダイト》がその色を失い、黒ずみ、土のごとく崩《くず》れていく。許容量の限界を超《こ》えたことで発生するはずの爆発すらも起こらず、物質としての精力を全て失い、土へと還《かえ》る。

右手に生まれた軽さに虚無《きょむ》を感じながら、レイフォンは一歩を踏《ふ》む。

制御を失った波濤は、残っていた伏剄の化錬を一気に起こす。それは爆発するべきものを徐々《じょじょ》に爆発させていた制御を失ったための当然の結果だ。

爆発が起こる。

その予兆が膨《ふく》らんでいく。

レイフォンは走る。胡蝶炎翅剣を失って尻餅《しりもち》をついたクラリーベルを拾い上げると、さらに速度を上げる。

サイハーデン刀争術、水鏡渡《みかがみわた》り。

「ひゃっ、うわっ……」

クラリーベルの悲鳴を小脇《こわき》に、超速の移動を為し、石塔林を脱《だっ》する。

巨大な爆音《ばくおん》が天を突いたのはそのすぐ後だ。炎熱の波濤が渦《うず》を巻き、空に向かって登っていく。青かった空には炎熱によって朱がちりばめられている。

それを背に、レイフォンは小脇に抱《かか》えたクラリーベルを見下ろした。

「ほら、うるさくなった」

「ははは……」

爆音が静まった後のレイフォンの呟《つぶや》きに、クラリーベルの乾いた声が続いた。

†

こうして試合が終わった。

「やー、すごかったねぇ」

モニターでそれを見ていたミィフィが、呑《の》んでいた息を吐《は》きだした。

彼女はいま、店舗《てんぽ》にある小さな飲食スペースでケーキとお茶を前にしてモニターを見ていた。陶器《とうき》のカップからはすでに立ちのぼる湯気が消えている。思い出したようにフォークでケーキを切り分け、お茶を飲み、そして振《ふ》り返《かえ》った。

「え？　う、うん」

ショーケースの向こう側で同じように息を呑んでいたメイシェンは胸を押さえて頷《うなず》いた。

ガラス製のケースの中にはケーキが並んでいる。基本的なものからメイシェン自身が考えたものまで色々だ。それらは種々様々な色彩《しきさい》に輝《かがや》き、まるで宝石箱のようだ。

「に～しても……」

ミィフィがぐるりと視線を動かし、自分の隣《となり》で同じように湯気の絶えたお茶に手を伸《の》ばす幼なじみに目を向ける。

「良かったの？　ほんとに辞めて」

「ん？　そうだな……」

問いかけられたナルキはカップを置いて苦笑を浮《う》かべた。

「あんな戦いの中に身を置いておける自信はないな」

「いや、あれが全部というわけではないでしょ。というかレイフォンとあの子は特別でしょ」

「特別、か。確かにそうなのだろうな。だけど……」

「だけど？」

「いや、そうだな。自分にはまだまだ、小隊員として胸を張る実力はないということがわかったということかな。それに、やはりあたしは警官になりたいしな」

「警官でも強い方が良いじゃない」

「……そうなんだけどな」

遠くに視線を飛ばしたナルキに、ミィフィはこれ以上食い下がれないと頬を膨らませた。

なんどか同じ問答をしたのだが、いまのように遠くを見てごまかす。

いや、ごまかしているわけではないのかもしれない。ただ、彼女自身、うまく説明できないのかもしれない。

あの日の騒動《そうどう》以来、武芸科生徒の中で変化が起きている人が多い。というよりも武芸科全体の空気が変化しているようにさえ感じると、ミィフィは思っている。もちろんそう感じているのはミィフィだけではなく、背後で幼なじみを心配げに見ているメイシェンも思っているに違《ちが》いない。

あの日、なにがあったのだろう？

シェルターの中で騒《さわ》ぎが行き過ぎるのを待つしかない一般人《いっぱんじん》の自分たちには、彼らの体験を理解し共有することはできない。

それは寂《さび》しくもあり、哀しくもある。

「まぁいいけどね」

そう言うと、ミィフィは外に目を向けた。ドアに付けられた鈴《すず》が軽やかな音を連ならせ、開いたからだ。

「配達終わりました」

「あ……ご苦労様」

鈴の後に響《ひび》いてきた声を、メイシェンは笑顔でねぎらった。

入ってきたのはツェルニの制服の上からエプロンを着けた女生徒だ。リボンの色が昨年のミィフィたちと同じ色……つまり新一年生だ。

そして、このメイシェンの店のただ一人のアルバイトでもある。

年度替わりとともに学生たちの生活は変化する。教室や教科書が変わるように人が移動し、それに伴《ともな》って住む場所が変わる者もいる。

レイフォンがクジ運悪く学生寮《りょう》から出ることになったのを契機《けいき》に、他の者、ニーナやフェリ、クラリーベル、ハーレイ、そしてメイシェンの事情が重なってこの学園都市のはずれ、倉庫区にほど近いアパートに住むことになった。

メイシェンはこのアパートの一階部分を改装し、こうして自分のケーキを売る店を作った。といっても、この建物そのものは都市の外れにあって、客を呼ぶには向いていない。ケーキのほとんどは契約《けいやく》した飲食店に配達している。ここにある小さな飲食スペースも、こうして同じアパートに住むレイフォンたちや、顔を見せに来るミィフィたちの憩《いこ》いの場となっている。

そして、この店のケーキ配達のアルバイトをする彼女の名前は、ヴァティ・レン。同じようにこのアパートに住んでいる。

「に、しても。ヴァティちゃんもわざわざこんなところ選ばなくても良かったんじゃないの？　もっと色々便利な場所があったと思うけどね～」

「人混《ひとご》みが苦手ですから」

ミィフィの言葉にヴァティは冷静に答える。ヴァティは表情が動かない少女だ。いや、微細《びさい》な変化はあるようで、それはミィフィにもわかるのだから、ほとんど表情を動かさないフェリとは違う。

笑わないというのが正しいのだろうか。こんな子が配達のバイトをしてもいいのだろうかと、ミィフィは最初不安になった。なにしろ店長のメイシェンにしても対人恐怖症《たいじんきょうふしょう》のきらいがあるのだ。いま契約している店にしても去年バイトした店のコネで契約してもらっているようなもので、新規開拓《かいたく》をしているようには見えない。となれば配達をしているヴァティが店の顔ともいっていい状態なのだ。

「美人なのにね、もったいない」

「そうでしょうか？」

よくわからないと、ヴァティが小首を傾《かし》げて示す。

とりあえず、苦情が来たという話は聞いていないし、メイシェンがそれを隠しているという様子もないので問題はないのかもしれない。頭の良さそうな子だから、そんなときはうまくこなしているのかもしれない。

「うまくいってるみたいだね」

「え？　うん」

ミイフィの言葉に、メイシェンは嬉《うれ》しそうに微笑《ほほえ》んだ。

「さて、それじゃあ祝勝会と残念会のために買い出しに行くか」

「うーあ、忘れてた」

ナルキが手を叩《たた》き、ミィフィは自分がここにいる理由を思い出した。第十七小隊はもちろんのこと、第十四小隊にはクラリーベルがいるのだ。彼女もこのアパートに住み、メイシェンたちと仲良くしている。どちらの小隊が勝ち、どちらが負けたとしても、祝勝会と残念会をやろうと決めていたのだ。

すでにナルキの前にある皿にケーキもなければカップのお茶も空《から》だ。ミィフィは慌《あわ》ててケーキを食べ、お茶を飲み干す。

「それじゃあヴァティさん、店番お願いします」

「はい、わかりました。それと店長、わたしのことはヴァティでけっこうです」

「あ、そうだったね。ごめんなさい」

「かまいません」

「うん、じゃあお願い、ヴァティ」

「はい」

エプロンを脱《ぬ》いだメイシェンとその友人たちが店を出て行くのを見送り、ヴァティ・レンは……ナノセルロイド・マザーI・レヴァンティンは一人となった。

「…………」

大きなガラスの向こうで三人の少女たちが路面電車の停車駅に歩いていく。彼女たちの速度なら十二分十三秒で到着《とうちゃく》。予測される危険はなし。路面電車は時刻通りに駅に着き、近くの商店街へと五分七秒後に到着。これまでの経験則から推測するに物資補給までの時間は一時間。路面電車の時刻表と合わせ、帰還《きかん》時刻はいまより二時間五分十五秒後と推測。

今日の配達は全て終わっている。このアパート住人以外の来客の可能性は十二%。倉庫区で働いている生徒たちが開店当初は物珍《ものめずら》しげに来店し、その何人かは常連客となったが、それも毎日来るというわけではない。

ヴァティはミィフィたちの使った食器を洗うと、次に掃除《そうじ》用具を取りだして店内の清掃《せいそう》を開始した。その間に収支の計算もする。もともと現契約店に配達する商品をもとに材料を調達しているので、不意の契約破棄《けいやくはき》や保管食材に問題が発生、急遽補填《きゅうきょほてん》ということにならない限りは赤字にならない仕組みだ。家賃光熱費その他の諸経費は現契約店からの収益で十分に賄《まかな》っていけている。

仕事に追われるほどではなく、仕事に苦悩《くのう》するほどではなく、それなりに成果を楽しみ、充実感《じゅうじつかん》を得ることができる。

　そしてそれは……

「メイシェン・トリンデン」

　ヴァティはその名を呟《つぶや》いた。

　彼女が几帳面《きちょうめん》な性格で掃除にも手を抜《ぬ》かないため、こびりついた汚《よご》れはほとんどない。三十分ほどで終わり、時間が余ってしまう。しかし困る様子を見せることもなく、ヴァティはレジの前に立つと十二％の可能性を考慮《こうりょ》して来客を待った。

　それは無為《むい》な時間の流れではあったが、それを苦とする感覚はヴァティにはなかった。ただじっと、時間の流れを感じ続ける。

　それは、あちらにはなかった感覚だ。

　レヴァンティンがいままでいた世界にはなかった感覚だ。さらにそれ以前にはあったのだが、そのときには感じることができなかった。

　一度失ったがために感じることができるようになった。

　自分のような存在にもそんなことがあるのか、そのことにヴァティ自身、疑問を覚えないでもない。だが、実際にそうであるということも否定はできない。

　そもそも時間が流れるという感覚はなんなのか。こうしてスケジュールを考慮した行動を取ることによって相対的に時間の流れを感じているのか。あるいはそれ以外に、物質的に時間が存在し、それが流れているのを感じているのか。可能性としては当たり前に前者だ。

あちら側には時間というものがなかった。あったとしてもそれを感じ取る術《すべ》はなかった。物理的な隙《すき》が生じたのも、そのためにドゥリンダナがやってくることができたのも、その背後でレヴァンティンが潜入《せんにゅう》したのも、全ては時間のない世界でのことだ。時間が存在していたのはこの世界が内包されていたあの存在にのみだ。

しかしこの世界では時間が流れている。なにもかもが変化していく。その変化の過程の中にレヴァンティンはヴァティ・レンとしてやってきた。

いや、たった一つ、時間の流れを感じさせたものがあった。

だからこそ、レヴァンティンはヴァティ・レンとなった。

「彼女は、見せてくれるでしょうか」

長い時を置いて独白の続きを漏《も》らし、ヴァティは視線を上げた。

ショウウィンドウの向こうに、荷物を抱《かか》えたメイシェンたちが見えた。

02　真実と現実

慣れてはきたものの、彼の視線が生み出す温度にレイフォンは緊張《きんちょう》した。

ハーレイのいる錬金科の研究室だ。

年度が替《か》わる前後の引《ひ》っ越《こ》し騒動《そうどう》で、彼はレイフォンと同じアパートに引っ越し、自分の研究室を作ろうとがんばっているが、それもまだ完成には至っていない様子だ。安く上げようといろんなものをジャンク品から作ったりしているからだ。

しかしそれはこの以前から使っている研究室を追い出されたからというわけではない。年度が替わってもこの共同研究室の顔ぶれが変わることもなく、そしていまもレイフォンの前で二人の錬金科生徒が、先日使った青石錬金鋼《サファイアダイト》を見下ろしている。

といっても、残っているのは柄《つか》の部分だけだ。

「しっかし、こんな状態は初めて見たよ」

すでに何度も確認しているため、ハーレイの言葉にはそれほど感動はないが、試合後にこの状態を見たときは完全に言葉をなくしていた。

「許容量の限界を超《こ》えて爆発《ばくはつ》ってのは、それほどよくある現象でもないけど理論上では考えられることだし、ここ最近はよく見た現象だけどね。でも、これは初めてだ」

「はぁ……」

なんと答えて良いかわからず、レイフォンの言葉は曖昧《あいまい》に途切《とぎ》れる。

「物質そのものが一瞬《いっしゅん》で劣化《れっか》しちゃってる感じかな。うーん、レイフォンの最大剄量《けいりょう》にも瞬発《しゅんぱつ》剄量にもいまだに対応できてないのは確かなんだけど、それにしてもこの壊《こわ》れ方って……」

「…………どういう剄の使い方をした」

いままで黙《だま》っていたもう一人、キリクが口を開いた。レイフォンからすれば、彼の不機《ふき》嫌《げん》な瞳《ひとみ》が研究室の温度を作り上げている。それを無視できるハーレイはすごいとさえ感じていた。

「え？」

「剄の使い方だ。変えただろう？　そうでなければこういう壊れ方にはならない」

「あ、はい。それは……」

どうやって説明すればいいのか、レイフォンは言葉を探す。

そもそも、巷《ちまた》では訓練をしていないかのように思われているレイフォンだが、訓練はちゃんとしている。小隊での訓練だけでなく、個人での訓練もだ。

·ZUELLNI·
ZUELLNI
UNIVERSITY
THE MILITA ARTS
SECTION

ただそれが、普通《ふつう》の武芸者とはやや違《ちが》うというだけだ。

肉体、運動能力の練度を高めるという意味では小隊での訓練で十分だと思っている。彼が個人で行うのは主に剄の訓練だ。

以前にニーナが剄脈疲労《けいみゃくひろう》で倒《たお》れたときに、常に剄息《けいそく》でいるようにアドバイスしたことをレイフォンも行っているし、剄を極端《きょくたん》に抑《おさ》える殺剄《さっけい》やそれを行いながら剄を高めるということもほぼ日常的に行っている。

多くの武芸者は肉体を動かしながら同時に剄の訓練を行う。それが普通であり、肉体と剄の鍛錬《たんれん》を完全に切《き》り離《はな》して行うようなことができるのが、レイフォンの特殊性であるといっても過言ではないだろう。

もちろん、そのことをレイフォン自身は理解していない。ただ一度、この訓練法を小隊の練習に導入するようにニーナに提案してみたが、彼女を始めシャーニッドたちにも不評だったので『どうもこれは普通の訓練ではないらしい』とは思っている。

「なんて言えばいいのかな。剄を全力で込めると爆発するから、込めるのと奔《はし》らせるのと同時にやるようにしたというか……」

そういう訓練法とは別に、レイフォンが試行錯誤《しこうさくご》し、模索《もさく》していたのは自分の剄をより多く錬金鋼《ダイト》に通す方法だ。

天剣《てんけん》を失い、そしてツェルニで武芸者を止めることができなかったときから、この問題は常に付きまとう可能性として当たり前に考えていた。その問題の解決をハーレイたち技術者にまかせるだけではなく、武芸者なりの方法で解決できないか考えていたのだ。

武芸者の剄は錬金鋼《ダイト》を通すか通さないかで破《は》壊力《かいりょく》に格段の違いが生まれる。それは不定形の剄に方向性を加える作業を錬金鋼が行ってくれているからだ。

通常の武芸者ならば錬金鋼を通した剄を制御《せいぎょ》する訓練をごく普通に行うのだが、レイフォンは自らの剄量のためにそれを全力で行うことがままならない。そのために前述したような訓練をごく自然に行うようになっていた。

「？　どういうこと？」

ハーレイがよくわからないという顔をし、キリクも眉《まゆ》をひそめる。

「ええと、剄を錬金鋼に溜《た》めたままにしておくと爆発するじゃないですか？　だから、錬金鋼を通した剄を一度外に出して、待たせておいて、次の剄を入れるというか……」

「……キリク、わかる？」

「化錬剄《かれんけい》にある伏剄《ふくけい》を応用したようなやり方か？」

「そうそう、そういう感じです」

伏剄は火を点《つ》ければいつでも爆発する火薬を隠《かく》しておくようなものだ。一度仕込んだ変化を変えることはできない。レイフォンがやっていることも同じといえば同じだが、大きな違いがある。

「化錬剄も多少は覚えがあるようだが、錬金鋼が青石だ。紅玉のようにはいかない。……というよりもお前のやり方は、すでに爆発したものをため込んでおくというやり方ではないか?」

「ええと……はい」

「……無茶もここに極まりだな」

「ははは」

キリクの瞳に呆《あき》れが浮《う》かび、レイフォンも乾《かわ》いた笑いしか出せない。

「……いまいち理解が追いつかないんだけど。もしかしてそれって、錬金鋼の発動回路を常に奔らせていたということかな?」

「そういうことだな」

レイフォンに代わってキリクが頷《うなず》く。

「それでもこの劣化のしかたはいまいち説明できてないような。うーん、でもこんなことをした事例がそもそもないわけだし。あーでもいまの問題はそんなことじゃないのか。いままでは素材の強度を問題にしてきたけど、今度は回路の方も強度を上げないと」

「すいません」

「いや、でもそっちの方がまだ素材の強度を上げるよりはやりやすいよ。きっと、たぶん」

語尾《ごび》の方で弱気になってくる。

それでもハーレイの表情まで弱気になっているわけではない。むしろ、どんどん明るくなっていく。

「うん、ちょっと燃えてきた。レイフォン、また実験に付き合ってもらうことになると思うけど、いいよね」

「はい。お願いします」

「じゃあ、青石はいったんこっち預かりで、しばらく簡易型複合錬金鋼《シム・アダマンダイト》だけでいいかな？鋼糸《こうし》が必要なときはまた渡《わた》すから」

「はい」

明るい返事とともにレイフォンが研究室を出る。

「…………」

彼が出た後をキリクがやや首を捻《ひね》るようにして見つめている。

「どうかした？」

「いや……あいつ、なにか変わったか？」

「最近、ちょっと明るくなってきたね」

「明るくなった、な」

その言葉でキリクは少し考える。レイフォンが自分たちの前で明るく、あるいは前向きな態度を見せたのはたしか、所有していた錬金鋼《ダイト》の形状を全て刀にしたときだ。

明らかに浮かれている様子のあのときのレイフォンを、キリクはやや冷めた気持ちで見ていたことも思い出す。

普通の人間なら簡単に足もとをすくわれてしまいそうなほどだった。そして実際、彼は足もとをすくわれてしまったのだろう。異常汚染獣《おせんじゆう》の襲撃《しゆうげき》、グレンダンの接近、そしてさらに続く異変の中で、レイフォンの精神は沈《しず》み込んでしまったようだ。

『ようだ』というのは、実際にそんな姿の彼をまともに見ていなかったからだ。彼自身も錬金科の生徒としてやらなければならないことは多かった。あの騒動のおかげで多くの武芸科生徒が錬金鋼を壊したのだ。その修復作業にかかりきりになっていた。普段《ふだん》自分が請《う》け負《お》っている仕事だけをすれば良いという状況《じようきよう》ではなかった。学園都市にいる誰《だれ》もが、都市の復興のために尽力《じんりよく》しなければならない時期だったのだ。

「いいことじゃない？」

「そうだろうさ」

しかしその時期も過ぎ、学園都市の復興はなった。無事に新入生たちを受け入れ、新年度を開始することもできている。

キリクもまた、研究を再開することができる。同時に、新しい命題も追加された。やりがいがあることはたしかだ。

「あいつがやる気を出した途端《とたん》にあの方法を考えつき、できるようになったというわけではないだろう。ここに来る前から考え、訓練は積んでいただろうさ。そうでなければあれは天才ですらない。化け物だ」

「うん、まぁ、そうかもね」

「しかし、それを思いついたことと、いまのあいつの状態は別物のはずだ」

そうだ。今回は浮かれていない。足もとをすくわれ、冷静になったか？　それとも別のなにかを見つけたか？

以前の浮かれ具合は、いわばそうすることが目的だった。いままで自ら禁じていた刀の使用を解いたのだ。どういう経緯《いきさつ》でそうなったのか知らないが、自らに課していた重圧が解けたことに喜んでいた。押さえ込んでいたバネが反動で跳《と》んだようなものだ。

しかし、今回は違う。違うはずだ。そういう浮かれた様子はなかった。

「……どちらにしろ」

ハーレイがさっそく新しい回路を考え始めたのを横目に、キリクは呟《つぶや》いた。

「妙《みょう》に前向きなあいつは気持ち悪いな」

「ひどいこと言うなぁ」

呆れた声は無視し、キリクもまた目の前の難題に集中する。性格がどうとかは、キリクにとって関係ない。人間性が外道《げどう》でなければ他はどうだろうと関係ない。自分の生みだした物が最高の人間によって最高の結果を出し、そして次を求められることこそ技術者としての喜びではなかろうか。物が人を超《こ》えるか人が物を超えるか、いまは人に軍配が上がっている。だがいつか、超えてみせると思う。

最近は特にそう感じるようになった。

†

「あ」

「あ」

錬金科から練武館《れんぶかん》へと歩いているとフェリと出会った。

「なんですか？」

「え？　いえ、なにも」

特になにかで視線が止まったわけでもないのに、フェリは不機嫌《ふきげん》に睨《にら》み付けてきた。

「そうですか？」

疑わしげだ。

困ったなとは思ったが、彼女の不機嫌の理由もわかっている。

制服が武芸科なのだ。

学年が変わる前、フェリはレイフォンに武芸科を辞めると語っていた。そのときの彼女は本気に見えたし、嘘《うそ》を吐《つ》いているようにも見えなかった。

しかし、学年が変わり彼女が三年生になっても武芸科の制服を着ている。

第十七小隊にも変わらず所属している。

生徒会からの妨害《ぼうがい》でそうなってしまったというわけではないのだが……

「そういえば、あれはどうですか？」

練武館へと並んで向かいながら、レイフォンは尋《たず》ねた。

「腹立たしいぐらい難敵です」

彼女の頭の中にあるデルボネの遺産のことだ。封印《ふういん》が為《な》された状態で渡されたそれはフェリ自らそれを解けなくては中に入っている物がなんなのかもわからないという状態だという。

そして、これのために今年の一般教養科への転科を諦《あきら》めたのだと聞いている。

「それより、錬金鋼《ダイト》はどうなったんですか？」

「ああ、えっと……」

レイフォンは先ほどまでのことを説明した。

「とりあえず、新しい錬金鋼は作られるわけですね」

「ええ、まぁ」

「それであなたの全力が出せるというわけではないでしょうけれど、性能が上がらないよりはマシですね」

「でも……本当になにか起こるのかな？」

「なにも起こらないと思う理由は？」

問い返され、レイフォンは答えられなかった。

「まだ、きっとなにかが起こります」

あの日、あの夜、フェリはそう言った。

「え？」

「あれで終わりなら、あなたが突《つ》き放《はな》される理由がない」

「…………」

治りかけの傷を抉《えぐ》られたような痛みがレイフォンを襲《おそ》う。しかしフェリは言葉を止めなかった。

「終わっていないんですよ、きっと」

「……隊長はこのことを…………？」

知っているのか？　知っていて黙《だま》っているのか？

グレンダンでニーナは彼女が関《かか》わっていることについて語ってくれた。ツェルニから突《とつ》如《じょ》として行方《ゆくえ》不明になり、そして突然《とつぜん》の帰還《きかん》。その謎《なぞ》にも関わることだ。狼面衆《ろうめんしゅう》という存在の暗躍《あんやく》とそれと敵対するディクセリオ・マスケインという人物。電子精霊《せいれい》たちの思惑《おもわく》、この世界の成り立ちとグレンダン王家の秘密。ニーナ自身も理解しきっているとは思えなかった。実際、彼女は話すことで狼面衆との異界？　での戦いにレイフォンたちが巻き込まれるのを恐《おそ》れていたが、そのようなことにはならなかったし、いままでもそんな兆候はない。グレンダンでの戦いが、そもそも異界のようだったと考えることができるが、だとすればあのときあの場所にいたグレンダンとツェルニの武芸者全員が、ニーナの言う狼面衆との戦いに巻き込まれたことになる。

しかし、そんなことにはなっていない。

そしてニーナもあの日以来、あのことを口に出してはいない。突然、姿をくらませるということもない。ツェルニを汚染獣が襲うということも、レイフォンが入学してからのことを考えると、ひどく平穏《へいおん》な日々が続いている。

このまま、こんな日々が続くのではないかと思ってしまうほどに、なにもない。

「わかりません」

フェリは首を振《ふ》る。

「でも、もし知っているのだとしたら、いまさら聞いたところで話してくれるとも思えません」

「……そうですね」

たしかに、ニーナはそういう性格だ。なにかが起こったときにまずレイフォンたちに話してくれていないのであれば、自分自身の問題と考え、一人で解決しようとしているはずだ。

「だとしたら……」

なにかが起きているという証拠《しょうこ》もなしにニーナを問《と》い詰《つ》めたところで、態度を改めて全《すべ》てを話してくれるとは思えない。

「どうします？」

　迷いながら出てきた言葉を、フェリが決断の場にむりやり押し出す。

「え？」

「あの人が黙っているのだったら、もしかしたらですが、このツェルニではなんの問題も起きないのかもしれない。それに、その問題があの戦いの続きであるのだとすれば、やはり問題の中心はグレンダンです。ここではない」

「………………」

「ここは安全です。それなら、わたしたちが無理になにかをする必要はないのかもしれない」

　フェリがなにを言いたいのか、全てを聞く必要もなくわかる。ニーナは関わらせたくないのかもしれない。そして、フェリの言葉通りならリーリンもまたレイフォンを巻き込みたくないからと、あのときに自分を突き放した。

　つまり、ここは安全な場所だということだ。

　安全な場所にいることを望まれているのだ。

　それでいいのかと、フェリは言っているのだ。

「……良くはないんですよね、きっと」

絞《しぼ》り出《だ》した言葉に自信がない。

「このままでは良くないんです。きっと……」

しかし、そこから先の言葉が出ない。

なにをすればいいのかわからない。グレンダンに向かえばいいのか？　いますぐ？　しかしリーリンがそれでも拒《こば》んだらどうなる？　彼女のそばには女王がいた。それに、なぜか彼女は三王家の家名を名乗っていた。ならば次は天剣授受者全てがレイフォンの敵になる可能性がある。いや、おそらくそうなるだろう。

そのときに自分はどうする？　力任せに押し入るのか？　それとも無抵抗《むていこう》を通しつつ自分の意思を伝えるのか？

それでも拒否《きょひ》されたら？

そんな場所に考えなしに向かっても、なんの解決にもならない。そしていい考えなんてなにも浮《う》かばない。

なにかできることはないのか？

しかし、レイフォンにはなにもできないと判断されたからこそ、突き放されたのではないかと思ってしまう。

武芸者として優れていると自分では思っている。それを証明してきたという自負もある。

しかしそれでも、ニーナにもリーリンにも自分は頼《たよ》りにされていない。

それはつまり、レイフォンにはなにもできないということではないのか。

「もしかしたら、これがなにかの助けになるかもしれません」

考えに沈《しず》んでいるとフェリが口を開いた。顔を上げると、彼女は自分の頭を指さしていた。

「遺産ということでデルボネさんからもらったこのデータ、戦闘《せんとう》経験ということでしたが、もしかしたら……」

「それ以外の記憶《きおく》も？」

たしかに、レイフォンがグレンダンにいたときは、彼女がグレンダンの戦闘情報の全てを握《にぎ》っていた。彼女はまさしくグレンダンの全てを見守っていた。女王も彼女を頼りにしていた。なら、他の者は知らないグレンダンの秘密も知っていたかもしれない。

「あるかもしれません。まだ封印も解けていませんから、絶対だとは言えませんが」

その言葉にレイフォンはやはり、返す言葉がなかった。

「しかし、わたしたちにある手がかりはこれしかありません。他にありますか？」

「……ありません」

「では、これしかないですね」

そして、フェリはレイフォンを見るのだ。

「あの……？」

「どうしますか？」

「え？」

「わたしの予測ですが、このデータを解凍《かいとう》するならば本気で取りかからなければいけません。それこそ武芸科を辞めて一般教養科で自分の道を模索《もさく》しながらなんて、そんな半端《はんぱ》な態度でやっていたら卒業するまで、もしかしたらそれ以上かかるかもしれません」

「そんな……」

「決めてください」

「え？」

「あなたが、決めてください」

「ど、どうして僕が……」

透《す》き通《とお》るようなフェリの瞳《ひとみ》に押され、レイフォンは気圧《けお》された。

「正直な話、あれだけ話をして、それでもまた隊長が隠し事《かくごと》をしているのなら、もう好きにすればいいとさえ思っています」

グレンダンで、レイフォンの姉であるルシャの家で、ニーナはフェリとシャーニッドに説《と》き伏《ふ》せられて全てを話した。あのとき、フェリもシャーニッドも平静を装ってはいたが、その実、怒《おこ》っていたのではないかとレイフォンは思う。あのときはレイフォンも冷静ではなく、リーリンのことを考えていたのでちゃんと参加できていなかったけれど、いま考えればそうだったはずだ。

「個人的にグレンダンでのことが気になっているのは確かです。でも、助けも求められていないのに動く気にはなれないのも本心です。誰《だれ》も、これをわたしの問題だとは言わない。わたし自身も、関わって欲しくないなら放っておいてもいいのではないかと、思っています」

「…………」

「では、あなたは？」

問いかけてくる。

「あなたはどうしたいのですか？　この問題にわたしよりも深く関わる動機があるとすれば、あなたしかいない。隊長がわたしたちを拒否するならば、わたしが協力できるのはあなたしかいない。あなたは、どうしたいのですか？」

「僕は……」

わからない。

だけど、わからないではだめなのだ。

わからないまま放っておけば、色々なものが行《ゆ》き詰《づ》まる。それをもう、レイフォンは体験してしまっている。

わからなければ、わからないなりになにかをしなければいけない。なにをすればいいのかわからなくても、なにかをしなければいけない。たとえそれが無様でも。うまくいかなくても。

掘《ほ》り出さなければいけない。

自分の中の、『こうしたい』を。

「僕は……知りたいです」

そう言ったのだ。あのとき、あの夜、あの場所で。

そしてフェリはいまも武芸科の制服を着ている。

「なんですか？　いきなり黙って？」

「あ、いえ……やっぱり、先輩《せんぱい》に悪いことしたんじゃないかなって……」

練武館への道を歩きながら記憶を振り返っていたレイフォンは、そう答えた。

「は？」

フェリが足を止め、こちらを見る。

「どういうことですか？」

「いえ、だって……フェリの進路の邪魔《じゃま》してまで僕に付き合わせるようなことになってしまって……」

「………………」

「あの」

フェリが細く息を吐《つ》いた。

「なんでしょう……あなたの脳には色々と問題があるのですか？」

「え？」

「そうですね、たとえば訓練中に頭を打ちすぎたとか？」

「え？　いや、そんなことないと思いますよ？　健康診断《けんこうしんだん》とかでそんなこと言われたことは……」

「いいや、そんなことありません。打ちすぎたのでなければ、あなたの高速移動に脳が耐《た》えられていないのですね。この間もおかしな速度出してましたし。水鏡渡《みかがみわた》りでしたか？」

「はい、あれはたしかにそういう技ですけど」

「そういうので脳に問題が起きているのですよ。武芸者の脳は常人よりも丈夫《じょうぶ》にできているはずですが、さすがにあの速度には耐えられなかったのですね。血液が後頭部に集まりすぎたんです。きっと、脳細胞《のうさいぼう》が何割か死滅《しめつ》してますね」

「いや、そんなことになったら、たぶん、僕ここにいないんじゃないかと。よくわかりませんけど」

「それならあなたは普段《ふだん》から脳の一割程度しか使っていなかったということですね。……とすれば、目覚めれば一気になんでもできる君ですね。がんばって目覚めてください。お願いします。早急に。ただちに。いますぐに」

「すいません勘弁《かんべん》してください」

よくわからないが、とにかくフェリが怒っていることだけは確かだ。レイフォンとしては慌《あわ》てるしかない。

レイフォンの混乱をどう受け止めたのか、フェリはまた細く息を吐いた。

「それなら、ちょっと屈《かが》んでください」

「え？」

「いいから」

「は、はい」

「もっと、下を向く感じに、前屈《ぜんくつ》です」

「これでいいんですか？」

「はい。ではじっとしていてください」

立ったまま手を地面に付ける格好になる。あまり人通りのない場所とはいえ、長くしていたくない格好だ。

というか恥《は》ずかしい。

「あの、なにを……」

「いいですから」

見えていなくても風の動きや音でなにが起きているのかわかる。レイフォンの前に立ったフェリは腰《こし》の辺《あた》りに手を伸《の》ばし、なにかを取りだした。錬金鋼《ダイト》？

「…………」

小さな声。レストレーションと言ったか？

地面に濃《こ》い影《かげ》が広がる。頭の上でなにかが強い光を放ったのだ。ではやはり錬金鋼をふくげ…………

ゴッ！

後頭部に強い衝撃《しょうげき》が走り、レイフォンの視界に火花が散った。

「う、うぉう……」

言葉も出ない。ただ、痛みに後頭部を押さえ、地面をのたうち回るしかない。普段の脛《すね》蹴《げ》りの比ではない。脳を激痛が駆《か》け抜《ぬ》け、頭蓋《ずがい》を周回している。

「な、なにするんですか……？」

なんとか声が出たのは、三周目が終わった辺りでだ。

「……頭が良くならないかなと、強く願いました」

フェリの冷たい目がレイフォンを見下ろしている。

「なりません。すいません」

後頭部の痛みを活剄《かっけい》で消しながら、レイフォンはフェリの強い怒《いか》りを肌身《はだみ》に感じて謝った。

「いまさら謝ってもらったところで、もうわたしに止まる気はありません。そもそも、わたしに失礼だとは思いませんか？　あなたの決定に従うと決めたのはわたしです。あなたは、わたしの決断を間違《まちが》ったものだと思っているのですか？」

「う……」

「いちいち振《ふ》り返らないでください。うっとうしい」

「す、すいません」

「とにかく。早急になんとかしますので、それまでにあなたはあなたでなんとかしてくだ

さい」

なんとかするのは錬金鋼《ダイト》の問題だ。ハーレイの結果を待たなくてはならないが、その待っている間に先日のクラリーベル戦で試したことを完成に近づけたい。

そうすれば、錬金鋼の性能に振り回されることも少しはなくなる……かもしれない。

「その間に隊長の気が変わったりしてくれれば話が早いのですけどね」

「そ、そうですね」

気が晴れた様子のフェリにほっとしながら、レイフォンたちは再び歩き始めた。

†

油断すると胃の辺りが重くなる。

「ふう……」

その感覚に疲《つか》れて、ニーナは誰もいないのを良いことに大きくため息を吐いた。練武館の第十七小隊専用スペースに、ニーナは一人でいる。すでに小隊としての訓練は終わり、皆《みんな》、帰ってしまっている。

窓のないこの部屋では外の様子を確認できないが、あるいはもう夕日が沈《しず》んでしまっているかもしれない時間だ。そろそろ練武館が閉館になる時間でもある。これから先は別に申請《しんせい》しておかなくては管理人に追い出されてしまう。

さあどうするか？　今夜は機関掃除《そうじ》のバイトもない。個人訓練を続けようと思えばできる。以前住んでいた寮《りょう》のある建築科実習区画まで走っていくか、それとも今年に入って引《ひ》っ越《こ》したアパートの近くで訓練するか。あの辺りでも適度な広さの空き地を見つけてある。

そのまま帰るという選択肢《せんたくし》は思いつかなかった。

鍛《きた》えねばならない。強くならなければならない。その想《おも》いが去年よりも遥《はる》かに強く、そして日々重くなってニーナを急《せ》き立てている。

強く、より強く。

それはもはや、武芸者として生まれた少女の無邪気《むじゃき》な夢ではなく、使命に燃えた武芸者の願望ではなく、それはたとえるならば、追われる者の恐怖《きょうふ》だった。

鉄鞭《てつべん》を握《にぎ》りしめる手に汗《あせ》が滲《にじ》んでいる。それが訓練のためか、あるいは恐怖のためか、区別がつかない。

強くならなければ……強くなって、強くなって……

あの、恐怖から。

思いながら、しかしニーナの体は動いていなかった。

現実としての彼女は、二つの鉄鞭を握りしめたまま訓練室で立ち尽くしているだけだ。

そこには構えもなく、剄の疾走《しっそう》もなく、闘志《とうし》もない。虚脱《きょだつ》の空気がニーナの足を掴《つか》み、思考の泥沼《どろぬま》に誘《さそ》い込んでいる。

コンコン。

そこから引き上げたのはノックの音だった。

「……あ？」

クラリーベルだ。その顔にはニーナと同じようなやや疲れた顔に苦笑を滲ませている。

「やっぱりいましたね。良かったらお茶でもご一緒しませんか？」

「あ、ああ……」

ニーナはふらりとクラリーベルの方に歩き出し、そして自分がいまだに鉄鞭を握っていることに気付いた。

「……まぁ、なにを悩《なや》んでいるか、いまさら聞くのは野暮《やぼ》というものですけど」

あの後、錬金鋼《ダイト》を戻《もど》し荷物を片付け、シャワーを浴びた。クラリーベルが訓練室の掃除を請《う》け負《お》ってくれていなければ、もう少し時間がかかっていただろう。

シャワーから出たときには閉館ぎりぎりで、二人は追い出されるように練武館を出た。

いまは、練武館近くにある自動販売機《じどうはんばいき》が集まった休憩所《きゅうけいじょ》にいる。基本的に食欲《しょくよく》が旺盛《おうせい》な武芸者がたくさん集まるこの周辺だけに、飲み物だけでなくお菓子《かし》やインスタント食品も豊富だ。

しかしニーナたちはスポーツドリンクだけを選び、近くにあるベンチに座る。

夕日はほぼ沈み、空は朱《しゅ》と闇《やみ》が混ざり合い、奇妙《きみょう》な風合いを醸《かも》し出していた。

「どうしたものですかねぇ」

クラリーベルの呟《つぶや》きを、しかしニーナは驚《おどろ》かない。彼女もまた、ニーナとほぼ同じときにその存在に気付き、その恐怖を肌身に染《し》みこませてしまっている。

彼女はグレンダンの三王家に連なる血筋。この世界の深奥にある秘密に最も近い血筋の娘《むすめ》だ。狼面衆と戦い、あの異界をニーナ以上に体験している。

あの存在は、グレンダンでの悪夢のような戦いが結局は失敗に終わっていたという事実を示してもいる。

「しかし、なにを考えているのでしょうね」

続くクラリーベルの呟きに、ニーナはなにも答えられない。スポーツドリンクの冷たさが辛《つら》く感じられた。こんなことなら温かい飲み物にすればよかったと自動販売機を見てしまう。

ヴァティ・レンと名乗り、なにくわぬ顔でツェルニの一般教養科に入学しているあの存在に勝たなければならない。

「あれは、あの、グレンダンを襲《おそ》った化け物と同じ存在……」

「ですね。匂《にお》いが同じです。わかりませんか」

「…………」

答える言葉がなかった。それはわからないからではない。認めたくないからではない。自分でもうまく説明できないからだ。『同じだ』と感じるものはある。しかしそこにある根拠《こんきょ》がなに一つとして説明できない。

しかし、同じだと思っている。

そしてニーナの中にいる廃《はい》貴族メルニスクが彼女をこう呼んだ。レヴァンティンと。

「レヴァンティン」

クラリーベルが呟く。このことは、もう彼女とは話している。彼女と出会ったその夜に取り乱したクラリーベルと出くわし、二人で時間が経《た》つのも忘れて話し合った。あるいは呆然《ぼうぜん》とし合った。

「グレンダンにいればなにか調べる方法でもあったかもしれませんが、ここではなにもわかりませんね。縁《えん》を介《かい》して都市間を移動するというの、できませんか？」

「できないな。やり方がわからない」

できたのもただの一度だし、それとて自分の意思でやったわけではない。廃貴族の騒動《そうどう》のときに流されるようにして別の学園都市に行き、そこにいた狼面衆たちと戦っただけだ。どうやって戻ったのかもよくわかっていない。

「それに、できたとしてもあれは電子精霊《せいれい》の力を借りているのだろう？　なら、いまは無理かもしれない」

「世界の敵ですか。そう言われてもしかたのない状況《じょうきょう》ではありますが……」

クラリーベルには全てを話している。ヴァティと出会った後にあったツェルニとシュナイバルとの会話。なにも語ろうとしないツェルニに業《ごう》を煮《に》やしたシュナイバルが、この学園都市ツェルニそのものを敵として認識したことも。

全て、話している。

他の小隊員たちにさえも話していないことも全て彼女に話している。

それは彼女が自分に似た境遇《きょうぐう》であり、その先輩《せんぱい》だからだ。この世界の裏側で進行していることを血筋として知っており、狼面衆との戦いも知り、そしていま現在、同じ存在を本能的に脅威《きょうい》と感じた。

だから話した。

なにより、ヴァティ自らがニーナを脅《おど》した。自分に対してなにかを企《たくら》めば、この都市を滅《ほろ》ぼすと。彼女の実力が、グレンダンに現われたあの化け物と同じかそれ以上ならば、それはとても容易《たやす》いことだろう。

「……実はですね、この間の試合でレイフォンさんに勝てたら、このこと話しちゃおうかなって思ってたんですよ」

「っ⁉」

思わぬ告白に、ニーナは驚いてクラリーベルを見た。

「錬金鋼《ダイト》の問題があるんであの人の本気なんてそもそも見れないんですけど、現状でのあの人の本気が見れて、その上で勝てたら、わたしも成長してるってことじゃないですか。それなら、あの人の協力がちゃんと得られるなら、アレとの戦いに向けて、さらになにかできることが増えるんじゃないかなと」

「それは……」

「……さらに言えば、勝つか負けるかなんてどうでも良くて、ほんとはとにかくレイフォンさんの協力を得るべきなんですよ。現状、この都市で最強の戦力はあの人ですから」

「しかし……」

そんなことをして、もしもヴァティにそのことが知れたら。

「ええ、わかっています。グレンダンでは天剣たちが総出で戦い、さらには陛下まで出張ってようやく……本当にようやく勝てたという感じですからね。レイフォンさん一人が足されたぐらいではなんの意味もない。それに、あの人はたぶん、それほど嘘《うそ》とか得意じゃないでしょうし、自分の隣《となり》にそんな人が住んでいるなんて状態を、そしらぬ顔で過ごせるわけがありません」

それは、ニーナだってそうだ。

あのアパートに帰る度《たび》に緊張《きんちょう》を強《し》いられる。なんでこんなところに越してきてしまったのかと深い後悔《こうかい》に襲われる。

だがあそこにはレイフォンが住んでいる。流れるようにフェリやハーレイやクラリーベル、レイフォンの友人まで住むようになってしまった。いまさら自分だけ逃《に》げ出すわけにはいかない。なにかが起きたとき、彼らを全力で、身を挺《てい》して守るのは自分だと思っている。

「強くなるしかない」

「ええ、強くなるしかありません」

結局、その結論に辿《たど》り着《つ》くのだ。

だが、苦しい。彼女を思い出すと、絶望感で体が震《ふる》える。

絶望。

本当にそれだけしか感じなかったのだ。グレンダンでは都市を覆《おお》うほどに巨大《きょだい》で、あれほどの災禍《さいか》を生み出し、あれほどに常軌《じょうき》を逸《いっ》した異形《いぎょう》を相手にして、怯《ひる》むことはあっても逃げ出そうとは思わなかったニーナが、ヴァティの前に立ったときには絶望したのだ。

外見はただの少女でしかないというのに、グレンダンで見たあの化け物よりもはるかに恐《おそ》ろしかった。勝てるわけがないと思ってしまった。

あれほどの恐怖を共有できるのがクラリーベルしかいない。

彼女がいなければ、ニーナはどうにかなっていたかもしれないとさえ思う。

「どうします？　訓練するなら付き合いますけど？」

「そうだ、な。…………付き合ってくれるか？」

「ええ、喜んで」

そして二人で建築科実習区まで走り、実戦訓練をする。

幾度《いくど》か打ち合い、休憩を挟《はさ》み、ニーナは遠く視界の端《はし》に映ったかつて住んでいた寮《りょう》に意識を向けた。

いまはそこには誰《だれ》も住んでいない。同じ寮で同学年だったレウが副生徒会長となり、寮長《りょうちょう》のセリナも錬金科の学科長になってしまい、忙《いそが》しくなるという理由で寮を出てしまった。ニーナや、一時的にそこに住んでいたクラリーベルもその流れで寮を出たのだ。

いまは誰も住んでいない。セリナだけは荷物が多いからという理由で寮の契約《けいやく》を解いてはいないという話だが、住んではいないので無人であることには違《ちが》いない。

思えば色々変化した。住んでいた寮を出たこともそうだ。第十七小隊からナルキが抜《ぬ》けたこともそうだ。「警察官としてもっと自分を磨《みが》きたい」と言われれば断る理由もない。体裁として第十七小隊が人を必要としていた時代は過ぎていた。彼女の武芸者としての成長を見ているのは先輩と後輩《こうはい》の正しい関係のようで楽しかったけれど、だからこそ彼女の目指すものを邪魔《じゃま》したくはなかった。

世界の危機はすぐそこにある。なにを悠長《ゆうちょう》な。使えるものはなんでも使うべきだ。

……………そういう考えが脳裏《のうり》を行きすぎもするが、しかしそれには捕《と》らわれないようにする。

ここは学園都市なのだ。

ここに来る者たちは皆《みんな》、自分の進む先を求めてやって来ているのだ。

未来を求めて努力する学園都市の生徒を見守る存在こそが電子精霊ツェルニであり、そしてそんなツェルニをニーナは好きになったのではないのか？　だからこそ、ナルキのことも見守ろうという気持ちになった。

しかし、いまのツェルニがなにを考えているのか、まるでわからない。都市の危機に直面していながら、回復のための力をニーナの錬金鋼《ダイト》のために使ってくれたり、かと思えば敵対者であるヴァティを受け入れたりもしている。

この世界の人間は汚染《おせん》物質や汚染獣という脅威を、移動する都市によって回避《かいひ》している。いや、回避してもらっている。都市の移動によって季節が変わり、都市が採掘する、セルニウム鉱やその他の資源によって生活を支えている。

都市のもたらす環境《かんきょう》に人類は左右されている。

それは、この学園都市でも変わらない。

自律型移動都市の意思である電子精霊の決定に、人間は逆らえない。電子精霊も自律型移動都市も、いまの人類が造りだしたものではなく、制御《せいぎょ》も複製にも成功してはいない。

自律型移動都市は人類を脅威から回避するように動いてくれている。同時に、人類は自律型移動都市のもたらす状況から逃げることはできない。

ツェルニは、電子精霊は、この学園都市をどういう状況に運んでいきたいのだろうか。

「さて、そろそろ帰りますか？」

夜はかなり深まった。寒くない季節だというのに、お互《たが》いから漏《も》れる吐息《といき》は白くなっている。

「そうだな」

体内の熱を追い出しながら、ニーナは頷《うなず》いた。

「あー、今日の予定、なんにも書かなかったですけど、レイフォンさん、晩ご飯残してくれてますでしょうか」

あのアパートで暮らすようになり、『顔見知りが集まって暮らしているんだから』と、食事はみんなで食べたりもしている。そんなときの料理当番はレイフォンやメイシェンが主になる。集合郵便受けの壁《かべ》に設けた掲示板《けいじばん》に予定を書いておけば、人数分の夕食を作ってもらえる。

「わたしも書いてないな。残してくれているとありがたいが」

「ですよねー。さすがに作る気力はもうないですし、一回帰ってシャワー浴びて出かけるとか、そんな体力もないですよ」

「……食べて帰るか？」

「うーん。レイフォンさんが作っていてくれてると期待したいですが……」

「よし、信じるか」

勢いをつけ、立ち上がる。

いまから帰れば、まだレイフォンの部屋にはフェリやハーレイが残っているかもしれない。引《ひ》っ越《こ》したばかりとはいえあまり物を置くつもりのなさそうなリビングだが、彼らがいるのを見るとほっとする。

（助けられているな）

そう思う。彼らがいるだけでニーナの心は救われている。

しかし、もし彼らにいまのこの状況と、ニーナが隠《かく》していたことまで知られてしまったら……

そのときには、なにもかもが終わってしまうかもしれない。

「今日の晩ご飯、なんでしょうねぇ」

「まずは残しておいてくれているかが問題だと思うが」

「ですよねー」

空《す》き腹を押さえながら二人で苦笑をかわし夜の学園都市を歩く。

（それでもいい）

「ああ、しかしほんと、この前の試合は勝ちたかったなぁ」

「目標は高い方がいいんじゃないか？」

（全てを守れるなら、それでもいい）

「…………」

静かな部屋でヴァティは一人、ソファに座っていた。誰かが部屋に訪れる可能性を考慮《こうりょ》して、彼女の部屋にも必要最低限のものが置かれている。しかしそれらは使われた様子がなく、同じように物の少ないレイフォンの部屋以上に空虚《くうきょ》な雰囲気《ふんいき》が漂《ただよ》っている。もとより彼女は人間の生理現象とは無縁《むえん》の存在であり、これらの物はあくまでも擬態《ぎたい》を押し通すための小道具でしかない。それらが生活感を纏《まと》う可能性はほぼない。

彼女はいま、自分の正体を知るであろう二人の人物を監視《かんし》していた。

ニーナ・アントークとクラリーベル・ロンスマイアだ。

二人の会話を聞き終え、特別、注意する部分がないことを確認すると、二人にだけ集中するのを止《や》めた。

彼女の肉体を構成しているのはナノマシンと呼ばれる極小の機械群だ。それらはいま現在の肉体を形作るだけではなく、この学園都市とその周辺に散布され、情報を集積している。

ニーナたちだけではなく、学園都市に住まう生徒たちの生活を見つめている。そこに存在する人々の交流を見つめている。
繁華街《はんかがい》で起こる笑いを見つめ、遊技場で起こる衝突《しょうとつ》を見つめ、公園で起こる悲しみを見つめている。一人ベッドで微笑《ほほえ》み、不安に震え、拳《こぶし》を握《にぎ》りしめる様を見つめている。万の人間が織りなす万の感情を見つめている。万の人間の感情がぶつかり合い、すれ違う様を見つめている。

ここにいる人間を見つめている。

自分の正体に気付いた人間はあの二人以外にはいない。この世界での人類の生息圏《けん》を維《い》持《じ》する電子精霊《せいれい》たちには気付かれてしまったようだが、それも大きな問題ではないだろう。その電子精霊の力を宿したニーナ・アントークも現時点では勝率が低いと判断して大人しくしている。

そしてもう一人、クラリーベル・ロンスマイア。彼女はこの世界に存在する戦闘《せんとう》改良人種の祖に、より近い存在である。ヴァティの存在に気付いたのは、そのためだろう。彼らの祖とヴァティとは関係がある。

「…………」

そこでヴァティは空を見た。視線を窓に向けたのではない。そこはカーテンによって外の光景から遮《さえぎ》られている。

彼女が向けた視線は、この都市に、そして都市の外に充満《じゅうまん》するナノマシンの視線だ。

空の向こうには月がある。

その月を、ヴァティは見ている。

「アイレイン」

月の名だ。そしてこの世界の武芸者たちの祖であり、この世界を守る最後の砦《とりで》でもある。

「アイレイン・ガーフィート」

彼の名を呼ぶ。本来の世界で異変が訪れたとき、その異変による混沌《こんとん》に妹を飲み込まれたがため、実験動物が如《ごと》き計画に参加した男。

そしてただ一人生き残り、妹の代わりに彼女によく似たサヤを見つけ出して来た男。

生き残ってしまったが故《ゆえ》に、人間であることが終わってしまった男。

ヴァティが誕生したのはその後のことだが、彼女の制作者とアイレインには因縁《いんねん》がある。

そしてその因縁と、ヴァティの人間形態時の基本外見には浅からぬ関係がある。

そしてそのために……

「…………」

過去を振《ふ》り返《かえ》るのを止め、ヴァティは再び月を観察した。この場から見られる状態では
月にはなんの変化もないように見られる。

だがその実、月はもうぼろぼろだ。

グレンダンにドゥリンダナが下りたことも、騒動《そうどう》の間隙《かんげき》を突《つ》いてヴァティがやってきたこともそうだ。月の役目である封印《ふういん》は、もうかなり綻《ほころ》びている。いや、崩壊《ほうかい》したといっても過言ではないだろう。カリバーンは主《あるじ》を一人にできないとあえて残った。

後はただ、この世界を破壊《はかい》し、この世界があることによって為《な》しえなくなった旧世界への移動を実現させる。

それだけを行えばよい。破壊すればいい。

だが……

「…………」

ヴァティはそうしていない。ナノセルロイド・マザーI・レヴァンティンとしての急務を放置し、学園都市ツェルニで一生徒としての生活を送っている。

なぜかと問われれば、ヴァティは沈黙《ちんもく》をもって答える。あるいは『知りたいことがある』と答えるだろう。

しかしそれ以上はなにをされても答えることはない。話したとしても他の者、カリバーンやドゥリンダナに理解されるとは思わない。ヴァティたちの主であるイグナシスに付き、そして増殖《ぞうしょく》してこの世界で活動していた、混沌に溶《と》けるはずだった魂《たましい》たち……狼面衆たちにはもとより理解されるはずもない。

だからこそ、生き残っていた狼面衆を排除《はいじょ》した。彼らの役目はすでに終わっている。もはや必要ない。そしてヴァティの目的を理解せず、妨害《ぼうがい》するおそれもあった。

「あなたにはわかっていたこと。しかしわたしにはわからないこと」

月に語りかける。

ヴァティが彼を直接見たのはギャングのボディガードをしていたときだ。巡視官《じゅんしかん》に従っての潜伏捜査《せんぷくそうさ》中だった。彼は混沌をくぐったことで異形の人類となり、ヴァティの主が所属していた組織と敵対する関係となっていた。異形の人類……異民に対抗《たいこう》するために造られたヴァティにとって、彼は容易い相手だったはずだ。

だが、結局は彼に出《だ》し抜《ぬ》かれた。あろうことか窮地《きゅうち》に陥《おちい》ったヴァティは助けられてさえいる。

その後も関わり続ける。かつての世界が崩壊するまで。

そして崩壊したいまも、関わりは続いている。

「あなたが疑問を抱《いだ》かせたのだ。なら、あなたが、そうでなければあなたの守るこの世界が答えを見せてくれなければ、納得できません」

月に語りかける。もちろん、答えなどあるはずもない。ヴァティの言葉が届くはずもない。そして月からの言葉がヴァティの聴覚《ちょうかく》に触《ふ》れるはずもない。もはや、この世界を破壊しない限り、ヴァティ自身、あちら側には戻《もど》れないのだ。

「…………」

答えなどないとわかっているのに言ってしまったことに、ヴァティは自己機能検査をすばやく行う。異常なし。しかし、言葉にする必要のないものを言葉にしてしまった理由がわからない。月を確認した理由もわからない。

音声会話そのものを学園都市に訪れるまでの長い期間使用していなかったので、ごく自然に経験値を取《と》り戻したかったのか？　自分が行ったことだというのに、それに後付の理由を欲しがる。それもまた理解不能だ。

人間としての擬態能力が向上しているのだ。そう結論づけ、ヴァティは視線を動かした。流し台に接した対面式のカウンターにそれはある。保護シートを被《かぶ》せた皿に収まったそれは、ケーキだ。

メイシェンのケーキだ。彼女は週に一つ、二つのペースで新作に挑戦《ちょうせん》する。作ればそれらはこのアパートの住人たちに配られる。住人のほとんどがレイフォンかメイシェンの部屋で夕食を摂《と》るのでそのときに振《ふ》る舞《ま》われるのだが、ヴァティはその場には参加しない。

ニーナやクラリーベルが精神的負荷に負けて暴走されても困る。必要ではないときにまで顔を合わせることはないという判断からだ。

それを説明するわけにもいかないので、人の多い場所が苦手ということにしている。

だからメイシェンはヴァティのために切り分けて持たせてくれる。

そのケーキを見つめる。

生クリームに覆《おお》われ、果物《くだもの》で飾《かざ》られた正統なケーキのように見受けられる。ヴァティはソファから立ち上がるとフォークを取りだし、カウンターの前に立ったままケーキを食べ始める。

食事は必要ない。彼女のエネルギーは汚染《おせん》物質に混入した混沌の因子であり、それは外部に散布したナノマシンから供給している。しかし擬態として食事をすることはできる。食べずに破棄《はき》するということも一時は考えたが、見つかった場合の関係の悪化を考慮すると食べておくのが一番良いと判断した。

フォークで切り取り、口に運ぶ。生クリームに隠《かく》された内部にはケーキ生地に挟《はさ》まれた種々様々な果物がある。一般的《いっぱんてき》な作りではあるが、果物の選択《せんたく》と組み合わせが違《ちが》う。口腔《こうこう》内で成分分析《ぶんせき》をし、素材の一つ一つを推量する。隠し味としてなにを使ったか、実はわずかに香辛料《こうしんりょう》も混ぜられていることなどを余すことなく報告すれば、メイシェンは目を丸くして驚《おどろ》く。

だが、どうしても答えられないものが一つある。

『美味《おい》しかった？』

ケーキの感想を求める第一声にヴァティは常に言葉に詰《つ》まりそうになり、『回答不能です』という言葉を飲み込み。『はい』という言葉で嘘《うそ》を装う。

現実として回答不能という言葉を使うわけにはいかない。だからこそ成分分析をし、なにが使われているかを、隠し味に至るまで当ててみせる。味覚に問題があると思われないためだ。そんなことを思われて、ケーキ屋のバイトには相応《ふさわ》しくないと追い出されたり、別の仕事を紹介《しょうかい》されたりしたくはない。

この学園都市にやってきてメイシェン・トリンデンに目を付けた。いまから新たに別の目標を観察している時間はさすがにないと、ヴァティは判断している。

「…………」

黙々《もくもく》とケーキを食べる。すでに成分分析は完了《かんりょう》した。材料が揃《そろ》えばヴァティにもある程度の再現は可能だろう。

『美味しかった？』

だが、彼女の笑顔の問いに本当の意味で答えることは、自分にはできないのだ。

†

むっ、と思った。

グレンダンの上級学校だ。ツェルニから帰還《きかん》して、なんとか復学できたリーリンは学校の庭を歩いていた。

同じ敷地《しきち》内に高等研究院というさらに専門的な教育機関があるため、敷地はかなり広い。そこかしこに芝生《しばふ》やベンチ、小さな運動場が設けられたりしている。その他にも図書館などの屋内施設《しせつ》もあるため、大量の学生たちが時間を過ごすには困らない。

昼休憩《きゅうけい》の時間。リーリンは学生食堂へと流れていく生徒たちから離《はな》れ、この庭にやってきていた。手にはなにも持っていない。昼食の時間だというのに彼女らしからぬ身軽さで庭を進み、そして見つけた。

そのための、『むっ』だ。

「なにしてるんですか？」

問いかけた先には芝生の上でしゃがみ込む二人の姿がある。

「あ」

二人の内、一人がこちらを見て少し気まずそうに表情を歪《ゆが》めた。長身痩軀《そうく》。まるで枯《か》れ枝《えだ》のような体つきだが、なんともいえない迫力《はくりょく》がある女性だ。

「リヴ、リヴってば」

その女性が慌《あわ》てた様子でいまだにリーリンに背を向けて座り込む相方に呼びかける。

呼びかけられた方は彼女とは正反対に、短身で太めの体だ。背中を丸めて地面を眺《なが》めている姿は大型動物の子供のような愛嬌《あいきょう》がある。

「がんばれ、がんばれ」

呼びかけの声を無視し、小さな声で声援《せいえん》を送っているのが聞こえてきたリーリンはなにをしているのかと覗《のぞ》き込んだ。

そこに、なにかがある。よく見れば、芝生の上に大きめの焼《や》き菓子《がし》の欠片《かけら》が落ちていた。

彼らが食べていて落ちたのかもしれない。

そしてその、焼き菓子の欠片に群がっているのは……

「アリ？」

リーリンの呟《つぶや》きに隣《となり》に立った長身の女性が困った顔をした。彼女がこういう表情をするのも珍《めずら》しいように思える。リーリンが見てきた限りでは、彼女の暴走にいま丸くなっている彼が困っているというのが普段《ふだん》の図式のはずだ。

「リヴってば、一つのことにはまり込むとなかなか抜け出せないから」

困った顔だが、同時に微笑《ほほえ》ましいものを見ているような顔でもある。その証拠《しょうこ》に彼に声をかけるのをもう止めている。

アリたちは、一所懸命《いっしょけんめい》、焼き菓子の欠片を粉砕《ふんさい》し自分たちの巣穴に運んでいる。巣穴からやってくる行列。焼き菓子を嚙《か》み砕《くだ》く一団。そして欠片を巣穴へと持ち帰る行列。それらは一切遅滞《ちたい》なく進行し、まるで一つの機械であるかのようだ。

「がんばれ、がんばれ」

それを、彼は背中を丸めてじっと見つめ、応援《おうえん》している。とても機能的で効率的な集団行動だとは思うのだが、なにが彼をそこまで熱心にさせているのかリーリンにはわからない。

隣の彼女もわかっているのかどうか微妙《びみょう》な表情をしている。だが、嫌《いや》ではないようだ。彼を見つめる横顔にある微笑みを見ていると、こちらまでそんな顔になってしまいそうだった。

「……まぁ、それはそれとして」

しかし、リーリンの気《き》持ちの切り替《か》えは早い。

「はい、そこまでにしてください」

手を一度、パンと叩《たた》く。

「は、はい」

その音に驚いたのか、彼……リヴァースは飛び上がるように直立した。しかも直立したのはリヴァースだけではなく、彼女……カウンティアまでもそうしている。

「お昼の時間ですから、一緒《いっしょ》に食べましょう」

「あ……もうそんな時間ですか」

リヴァースが気まずげに振《ふ》り返《かえ》る。

「はい、そんな時間です」

リーリンの背後にはいつのまにか大きなバスケットを抱《かか》えたエルディンが緊張《きんちょう》した顔で立っている。天剣授受者二人を前にしてどうしていいかわからないという顔だ。

「それじゃあ、どこか近くの休憩所で……」

と言いかけたリーリンだがリヴァースがいまだにアリから目を離せていないことに気付いた。

「………………」

リーリンが気付いたことにカウンティアが気付き、じっと彼女を見る。

ちょっと潤《うる》んだ瞳《ひとみ》で。

「はぁ……」

リーリンは天を仰《あお》いだ。今日の空はとても青く、清々《すがすが》しい。

「エルディン、購買《こうばい》でシート買ってきてもらえるかな?」

「あっ、は……」

と、エルディンが頷《うなず》いたところで……

「あ、持って来たー」

エルディンの背後からにょっきりと出てきた顔が手にしたシートを笑顔で振り回す。

「え? あ……へ、へいっ!」

驚いたエルディンの口が塞《ふさ》がれる。

「んん~残念、わたしは高等研究院に通う純朴《じゅんぼく》な乙女《おとめ》、シノーラ・アレイスラなのでした」

「あーまだそのキャラ通す気なんですね」

「もーちろん。ちゃんと在籍《ざいせき》してるんだよ?」

「もーなんでもいいです。エルディン、そのシート広げてごはんにしましょ」

「あ、は、はい!」

戸惑《とまど》いつつもエルディンはシノーラと言い張るアルシェイラからシートを受け取りそれを広げる。

バスケットを中心に五人が円を描《えが》くようにして座った。

「に、しても。相変わらずお弁当とか自分で作ってるの?」

アルシェイラが鳥のもも肉を齧《かじ》りながら尋《たず》ねてくる。大食漢の武芸者が三人、どうせアルシェイラも現われるに違いないと読んでいたが、学校に持ち込むバスケットとしてはこれが限界だ。だからリーリンは、とにかく精が付きそうな料理ばかりを選んで詰め込んでいた。

「ええ。あんまり習慣が変わりすぎるのもあれですし、料理好きですし」

「まっ、リーちゃんの料理好きだからいいけどね」

「なら文句を言わないでください」

女王と天剣授受者二人を前にして手を出せないでいるエルディンに料理を取ってやる。

「……で? そっちのバカップル」

「なによ?」

「ふあ、はい」

丸い体をちょこんと座らせてサンドイッチを齧りながらアリを見つめていたリヴァースと、そんな相方を微笑ましく見つめていたカウンティアが揃ってアルシェイラに振り返る。

「ちゃんと護衛やってんの?」

「やってるわよ」

「殿下《でんか》を中心に十キルメルの武芸者の動きは感知していました」

「動きは？」

「ないわよ」

「ありません」

「おかしなのは？」

アルシェイラの問いで二人が言いにくい顔をする。

「あ、もう知ってますから」

二人におかわりを差し出しながらリーリンは言った。

「まっ、二人がいることがばれてる時点で隠《かく》し事《ごと》もなにもないわよね」

アルシェイラの苦笑に、二人は顔を見合わせた。

「目立ちますから、お二人は」

リーリンが笑顔で答える。

「おっかしーなー殺到《さっけい》してたんだけど。朝からここにいたのに誰《だれ》もこっちを見なかったわよ」

「じっとしてたんだけど」

「ぼ、私は気付きませんでした」

少し落ち込んだ様子でエルディンが呟く。

「それが普通《ふつう》」

カウンティアの返事は冷たい。しかし、彼女がリヴァース以外の男性に冷たいのは有名な話で、この間まで一般人《いっぱんじん》だったリーリンでも知っている。エルディンが知らないはずがないのだが、やはり直接言われると違《ちが》うのか、彼はさらに落ち込んでしまった。

「ええと、それで、怪《あや》しい動きをしている人はいました」

「ていうかもう殿下見張ってたわね、あれは」

「ふうん、向こうさん強行する気かな」

なにを強行するのか、それをはっきりとは言わない。アルシェイラにしても場所をわきまえて言葉を選んでいるのだろう。

「ていうかそんなことしてなんの意味があるわけ？」

カウンティアが呆《あき》れたように言った。

それにアルシェイラが苦笑する。

「まっ、一般人にとってはおかしなことさえしてくれなければ王様が誰かなんて関係ないわよね」

「わたしたちにだって関係ないわよ。わたしたちより役立たずなら、おとなしくイスに座ってればいいだけじゃない」

カウンティアの言い方は痛烈《つうれつ》だ。だが、ここはグレンダン。どこよりも汚染獣の襲撃《しゅうげき》が頻繁《ひんぱん》に起こる都市だ。武芸者の実力はなによりも重要視され、そして評価される都市でもある。武芸者に権威《けんい》主義は許されず、徹底的《てっていてき》な実力主義が戦場で主張される。いまの玉座に座る女王アルシェイラ・アルモニスは天剣授受者よりもはるかに強力な武芸者だ。しかし次に玉座に座る者がそうであるとは限らない。ならば次の代では戦場における発言権は王にないかもしれない。たとえ王といえど戦いの才能がないならば、実力によってのみその場に上《のぼ》り詰《つ》めた天剣授受者たちの言葉には逆らえない。

実際、そういうことはグレンダンの歴史の中で何度もあった事例だ。

逆に、戦いの才能はあっても政治の才能がなければ、家臣団がグレンダンの政治を統括《とうかつ》するということもある。

王というのはこのグレンダンで、最も高い能力を必要とされる立場にある者であり、そうでなければ大人しくお飾《かざ》りでいろと強制される、厳しい立場の者でもある。

「まっ、でも、そのイスに座れるかもしれない人間にとっては、魅力的《みりょくてき》に見えちゃうのでしょうね」

現在、その座にいるアルシェイラからは苦笑しか生まれない。

しかしその彼女がリーリンを次の王位継承者《けいしょうしゃ》として指名してしまったことが事の発端《ほったん》なのだ。

リーリンが先代ユートノール家当主の子供であることが公式に認められ、そしてアルシェイラが王位継承権を主張し、リーリンをその座に据《す》えてしまった。

それに反発したのが、三王家の最後の一家、ロンスマイア家だ。昨年の騒動《そうどう》で当主であり天剣授受者でもあったティグリスを喪《うしな》い、さらに次期当主と目され、同じように次の天剣授受者とも期待されていたクラリーベルが騒動の最中に学園都市ツェルニへと出奔《しゅっぽん》したため、ロンスマイア家は相続問題で揉《も》めていた。最終的には王家亜流《ありゅう》の武芸者たちが集《つど》うリヴァネス武門で勲功《くんこう》が認められていたテリオスという者が継《つ》ぐことに決まったのだが、そのテリオスを筆頭としてロンスマイア家が異議を申し立ててきているのだ。

論旨《ろんし》は単純明白。武芸者でない者をあえて継承者に指名する必要はない。

「まっ、でも、王位を継ぐのが武芸者でないといけないなんて、どこにも書いてないんだけどね」

「そこら辺はどうでもいいわよ。お家の問題なら身内で片付けてよね」

「ごもっとも」

「それよりさ、テリオスだっけ？　そいつってどんなのなわけ？」

「さあ、よく知らない。たしか、ティグ爺《じい》の何番目だかの息子《むすこ》だった気がする。子だくさんだったからね、あの爺さん。うん、一応、わたしの伯父《おじ》さんになるのかな？　会ったことあったかな？」

アルシェイラが首を傾げる。

「ええと、僕、あります」

緊張しすぎているのか、『僕』と言ったことに気付いた様子もなく、エルディンが手を挙げる。

「汚染獣討伐《とうばつ》でなんどかご一緒したことが」

「どんな奴《やつ》？」

「豪快《ごうかい》な人でしたし、実力も相当なものでした。仲間思いで人気はあります」

「相当っていっても、あんた基準でしょ？」

「うっ」

カウンティアに言われ、エルディンがまた落ち込む。

「ティア、話が進まないよ」

「はーい」

しかし相方を宥《なだ》めているリヴァースはまだアリが気になる様子だ。リーリンの目から見て、今回のことについてこの二人はそれほど興味がないのだろうと受け取れた。カウンティアにしても会話の接《つ》ぎ穂《ほ》としてテリオスの名前を出したに過ぎないように見える。

「まぁ問題なのはテリオス本人よりも、その後ろにいるリヴァネスのジジイどもよね。慣習無視が気にいらないのでしょうし」

それだけかな？

リーリンは内心でアルシェイラの言葉に首を傾げた。アルシェイラが女王としてリーリンの王位継承者の認定を強行したいのであれば、その方法はいくらでもあったように思える。それこそ反対勢力を拳《こぶし》で黙《だま》らせるなど、彼女にとっては簡単なことのはずだ。もちろんそれによって大きな問題が起きるかもしれない。疲弊《ひへい》したいまのグレンダンにとってその問題が生み出す傷が深いものになるかもしれないと女王が危惧《きぐ》しているということも理解できる。しかしリーリンはどこかで納得できないものがある。

アルシェイラの言うジジイたち。王家亜流として表舞台《おもてぶたい》に立てないまでも汚染獣討伐やその他、政治的な部分で裏方として活躍《かつやく》してきた彼らを無視したり、放逐《ほうちく》したりすることが難しいというのもわかる話である。しかし彼らの主張する、リーリンが武芸者ではないから反対というのは、ただ慣習に逆らっているからという単純なものなのか？

前回の騒動による危機感、王家に亜流といえども所属する彼らはそこに潜在《せんざい》している本当の危機になんとなく気付き、だからこそより強い者を後継者《こうけいしゃ》に求めているのではないか？

そんなことをリーリンは思う。

しかし、たとえそうであったとしても、それは杞憂《きゆう》でしかない。リーリン以上の後継者は存在しないであろうことを、リーリン自身が知っている。自信や自惚《うぬぼ》れではない。もうそれは、そういうものなのだと理解している。

アルシェイラも、だからこそリーリンを王位継承者に指名したのではないのか？

ではなぜ放っているのか？

リーリンを暗殺しようという動きを。

「…………っ！」

なにかを言いかけたリーリンはそこで口を閉ざし、引っ張られるように振《ふ》り返《かえ》った。自分がなにを言おうとしていたのか忘れた。ただ、視線の先が気になってしかたがない。

「どうかした？」

エルディンはもとより、アルシェイラやリヴァース、カウンティアがなにかに気付いた様子はない。ならば気のせいか？　しかしなんとなく目が離《はな》せない気持ちで、そちらを見続ける。見えるのは校舎とその狭間《はざま》にある木と、さらにその向こうでぼやけて見えるグレンダンの脚《あし》だけだ。

そのグレンダンの脚よりもさらに向こう。遥《はる》か遠くでなにかが起きている？

眼帯によって塞《ふさ》がれた右目がそう告げているような気がした。

03　魔境《まきょう》と行進

ツェルニはソレを感じた。

感じたことそのものはおかしなことではない。それこそが自律型移動都市としての危機回避《かいひ》本能であり、ツェルニはこの都市の意思、電子精霊《せいれい》として都市の進行方向を変更《へんこう》させる。機関部内でいくつもの機構が進路変更のために動きを変え、都市を支える複数の脚は絶妙《ぜつみょう》のバランスを保ちながら、都市民に気付かれないように進路を変更した。

それで済む。いつも通りの行動だ。汚染獣《おせんじゅう》がすでにこちらの存在に気付いていたのであれば逃走《とうそう》は困難となるが、そういうことは多くはない。学園都市群のある地域は比較的《ひかくてき》汚染獣が少ないとは言っても、いないわけではない。こんなことは実は月に数度は起こっている。そしてそのたびに進路を変更しながら、自律型移動都市は旅を続けている。

昨年の汚染獣との遭遇《そうぐう》数が異常すぎたというだけの話なのだ。

今回もそんな常にある事態の一つであると、ツェルニは油断した。汚染獣との遭遇記録を、縁《えん》を通して比較的近い場所にいる他の都市たちに流す。シュナイバルに世界の敵と宣言されても変わることのない自律型移動都市としての義務であり、周辺の都市も情報の遮《しゃ》断《だん》を行っている様子はなかった。

だからこそ、いつものように行った。

だが……

(ずいぶんとヌルい緊張感《きんちょうかん》ではないか、ツェルニ)

縁から送りつけられてきた叩《たた》きつけるような意思に、ツェルニは体を震《ふる》わせた。

この声、この雰囲気《ふんいき》、覚えがある。ツェルニがいまだ都市を持たずシュナイバルで無数の幼い電子精霊たちと戯《たわむ》れていた頃《ころ》に聞いた覚えがある。

そんなはるか昔に聞いた覚えがある。

はっとして、ツェルニは抵抗《ていこう》しようとした。このまま縁を繋《つな》げておくのは良くない。そう考えた。

だが、ツェルニの意思は無効化され、縁を切ることができない。視覚機能を占拠《せんきょ》されたのか、ツェルニの目はこの都市のどこでもない荒野《こうや》に繋げられた。

そこに見たことのない都市がある。

そこに、巨大《きょだい》な異形《いぎょう》がつり下げられている。

ひどく太い柱に汚染獣の胴体《どうたい》が貫《つらぬ》かれ、そのまま再生してしまったために抜《ぬ》け出せなくなっている。ツェルニが感知したのは、この汚染獣だったようだ。

(もはや貴様は世界の敵。だというのになんの警戒《けいかい》もなく縁を繋ぐか。いい度胸と言うべきなのか、これは?)

声はツェルニの油断を揶揄《やゆ》している。

「…………」

それに、ツェルニは答えない。

(だんまりか。声を失ったわけではなかろう? 言葉を持たぬわけではなかろう? 世界に己《おのれ》の意を発さぬまま我を通そうとする。ならば世界は変わらずお前の敵よ)

声は嘲笑《あざわら》う。

「…………」

それに、しかしツェルニは沈黙《ちんもく》を保つ。沈黙を保ち続ける。その頑《かたく》なさは幼児や少年の持つ頑なさにも似ており、声は苛立《いらだ》ちの気配を発した。

(いいだろう。ならば直接その身に問うまでよ)

言い放ち。縁が閉じられる。

縛《しば》られていた電子の体が解き放たれ、ツェルニの体が一瞬《いっしゅん》ブレた。

一時的とはいえ浸蝕《しんしょく》されたことで、不快感が電子の体を這《は》い回る。ツェルニは自分の体を抱《いだ》き、震えた。

その耳に聞こえてくるのは、音だ。

大地を激しく打つ、学園都市のものとは違《ちが》う、都市の足音だった。

†

ニーナが生徒会棟《とう》に呼び出されたのは朝の授業が一つ終わったところでだった。

「汚染獣だ」

校内放送で呼び出され、出迎《でむか》えたゴルネオ武芸科長の第一声はそれだった。ゴルネオの言葉を、ソファに座ったニーナは拳を握《にぎ》りしめて受け止める。

「波乱、止《や》まず、ってか？」

言ったのは、隣《となり》に座っているシンだ。校内放送ではニーナとシンの二人が呼び出された。そのときからあまりいい話ではないかもしれないとは思ってはいた。

ゴルネオが二人の前に大判の写真を数枚置く。白黒の写真には汚染獣が宙を舞《ま》う姿が映し出されていた。

「でかいな。ええと、なんだ、老生体？　あれか？」

「いえ……レイフォンやクラリーベルならすぐわかるかもしれませんが、老生体とは思えません」

「雄性体《ゆうせいたい》の二期か三期というところだ」

「ああ、そういえば武芸科長殿《どの》もグレンダン出身でしたな」

シンがにやりと笑ってゴルネオを見上げた。

「実戦経験も？」

「…………」

苦い顔で黙り込むゴルネオにシンは笑う。

「まぁそう気張るなよ。実戦なんて一年以外の奴らはすげぇの経験したんだからよ」

「そういうのをなしにしたかったの！」

ゴルネオの背後で、かわいらしい声とともに生徒会長の執務《しつむ》机が悔《くや》しげに叩かれた。

生徒会長のサミラヤだ。その隣には副生徒会長になったレウもいる。二人とも就任して初めての非常事態に緊張《きんちょう》している様子だ。

視線の合ったレウに頷《うなず》き返し、ニーナは写真を見る。白黒の写真は無人探査機からの映像だ。

「まだ接近はされていないのですよね？　気付かれている様子は？」

「わからん。だが、定時受信の情報から、こちらの進行方向とほぼ同じ方角を、ほぼ同じ速度で進んでいると思われる」

「追いかけっこ中かもしれないってことか」

シンが写真を手に取って呟《つぶや》く。

「できれば接触《せっしょく》する前に片付けたい。雄性二期程度ならレイフォンやクラリーベル一人でも片付く問題だが……」

「おい、この写真っておかしくないか？」

ゴルネオの言葉を遮《さえぎ》り、シンが写真を叩く。

その言葉でニーナも写真を一枚手に取った。

そこには空を舞う汚染獣の姿がある。岩のような鱗《うろこ》に覆《おお》われ、長い首に長大な翼《つばさ》を広げている。一緒《いっしょ》に写り込んだ塔《とう》のような岩山から比較《ひかく》して、かなりの大物と思えた。

「どこが……？　あっ」

言いかけて、ニーナも気付いた。

「ああ、そうだ。こいつはなんか変だ。飛んでるように見えねぇ」

「そうですね」

翼がはためいた様子がない。もちろん滑空《かっくう》していたといえばそれだけなのだが、だとすればこの尻尾《しっぽ》の位置はどうだ？　ニーナには垂れ下がっているように見える。離陸《りりく》中ならやはり翼がはためき、写真にはブレができているはずだ。

しかし、全《すべ》ての写真で翼は滑空の形を取り、尻尾は垂れ下がっている。ならばこれは離陸中ではないということだ。それとも無人偵察機《ていさつき》が撮影《さつえい》するタイミングを狙《ねら》って離陸と着陸を繰《く》り返したとでもいうのか？

大きな違和感《いわかん》はそれだ。探せば他にいくつも出てきそうだが、それら全てがまとまって違和感として気持ち悪さを生み出している。

「気付いている。だからこそ、単純な汚染獣の襲撃《しゅうげき》とは考えたくはない」

「だからこそ、念押しに二小隊で迎撃戦《げいげきせん》をやれってか？」

「いや、一小隊には残ってもらう」

「ん？」

「なにかあった場合であれば二小隊いた方が良い。だが、本当に雄性二期がいたというだけならば、この二小隊では戦力の過剰《かじょう》供給だ」

「まぁ、そうかもな」

「ならば、どちらかにはなにかがあったときのために残っておいてもらう」

「それじゃあ、なにかがあったときには出張った方は切り捨てか？」

「そうならない小隊を呼んだと思っているが？」

「はっ、言ってくれる」

シンの口調はあくまでも軽い。だが、その胸の奥でかなり渋《しぶ》い表情を浮《う》かべていることがニーナにはわかった。なにしろ第十七小隊設立以前から世話になっている。軽薄《けいはく》に見えて実は隊員思いの人物なのだ。

隊員たちを危険な場所にあえて向かわせることに躊躇《ちゅうちょ》しているのだろう。クラリーベルはたしかに学園都市の武芸者としては突出《とっしゅつ》した戦力だが、他の隊員はそうではない。なによりクラリーベルは今年からの隊員で、連携《れんけい》がまだ完全ではないことは、先日の試合でニーナも感じている。

なら……

「わたしが」

ニーナはすばやく手を挙げた。ここでこうしていなければ、シンはさらにニーナたちのことを考えて立候補したかもしれない。

「いいのか？」

「実戦経験では第十七小隊が一番だと自負しています」

「では、頼《たの》む」

「了解《りょうかい》です」

ニーナの意図を察したのか、ゴルネオもすばやく了承《りょうしょう》する。彼も現第一小隊、元第五小隊の隊員、小隊長として第十四小隊のシンとは関《かか》わってきている。性格も承知しているのだろう。

「ああ、くそっ」

二人の意図を察したシンが悔しげに天井《てんじょう》を眺《なが》めた。

「まぁしゃあない。実戦経験の差は確かだしな」

悔しげなシンの肩《かた》をゴルネオが叩く。

「では、隊員を召集。今夕には出発できるか？」

「できるでしょう」

それからニーナはゴルネオと手続きについて話し合おうとした。

「……こんなの、やっぱり納得できないわ」

言ったのはサミラヤだ。

「誰《だれ》か一人に負担をかけるなんて間違《まちが》っている」

「サミ……」

サミラヤを止めようとレウがなにかを言いかける。だが止まらない。

「これが都市の問題なら都市全体で受け止めるべきよ。誰か一人が危険な目に遭《あ》うなんて間違ってるわ」

「一人ではない。小隊だ」

ゴルネオが苦い顔で訂正《ていせい》する。

「それにこれは話し合った末で決定したことだ。会長も承認しただろう」

「したけど。あのときはそれもしかたないかなって思ったけど。やっぱり違う。だって、会議室には犠牲《ぎせい》になる人がいなかったじゃない」

「犠牲者の顔を見たから怖《お》じ気《け》づいたか？　それは最低の言い訳だ」

「でも……」

「いいか。武芸者というのは危険を背負う人種だ。この世界、この状況《じようきよう》ではそういう役割を持って社会に認められ、社会に保護されて生きている。汚染獣が一匹《いつぴき》でも攻《せ》めてくればその都市の武芸者は命を賭《か》けて戦う義務がある」

「でも、ここは学園都市よ。武芸者だからってそれほど待遇《たいぐう》がいいわけでもないじゃない」

「そうだ。だが、だからといって武芸者であることを止めていいわけではない。そんな気持ちで学園都市に来ているのならば、そもそも武芸科に入学する必要はない。するはずもない」

「それでも、もっと確実に戦う方法があるはず」

「確実な戦いとはどういう戦いだ。武芸者の死なない戦いか？　都市に損害の出ない戦いか？　おれは後者を選んだ。都市に致命的《ちめいてき》な障害が起これば、それだけ危険度は増す。現在ではなく後にだ。いい加減にしろ、会長。普通《ふつう》に戦ったところで、武芸者が無傷で済む保証などない。怪我人《けがにん》も出れば死者も出る」

「おいおい、武芸科長殿、生徒会長殿をいじめすぎだ」

シンがまだなにか言いたげなサミラヤを遮って言葉を差し込んだ。

「それに話の通り雄性二期なら、死者も怪我人も出やしないって。なぁ？」

「はい、会長。お任せください」

シンに促《うなが》され、ニーナはことさら自信満々に頷いた。そういう楽観が求められている場面だった。なによりニーナにしても自信がある。

レイフォンだけでなく、ニーナもいまや雄性二期程度を問題にするような実力ではない。それにシャーニッドやダルシェナにしても実力も上がっていれば汚染獣との戦いにも慣れてきている。なによりフェリの探査範囲《はんい》を考えれば、罠《わな》を安全に発見することだってできる。

「……わかったわ。それとごめんなさい。変なことを言っちゃって」

「かまいません」

消沈《しょうちん》した様子のサミラヤを見、隣のレウと視線を交《か》わす。落ち込んだ様子の彼女にも目線で頷いて慰《なぐさ》めると、シンと二人で退出した。

「今度のは良い会長じゃないか」

生徒会棟《とう》を出たところでシンがそう言った。

「まぁ、以前が腹黒すぎたってだけかもしれないがな」

なんと答えていいのかわからず、ニーナは微妙《びみょう》な顔になる。

「生徒想いだってことだ。まっ、あとはカリアン前会長殿が大人すぎたってだけかもしれないがな」

やはり、反論はない。レイフォンのことだけで、それは十分にわかっている。彼を知っていたということが偶然《ぐうぜん》だったとしても、それを利用して武芸科に強制的に転科させ武芸者としての道に強引に引き戻すなんて真似《まね》、普通の学生にはできるわけがない。

ニーナだったら？

ニーナがカリアンの立場にいたとしたら、レイフォンに直接交渉《こうしょう》したかもしれない。彼は頑《かたく》なに拒《こば》むだろう。そしてその内、ニーナは自分の愚《ぐ》に気付いて反省し、しかしそれでもと再びレイフォンを説得しに行っていたかもしれない。成功するにしろ、失敗するにしろ、ニーナは自分の全てをさらけ出し、全力を尽《つ》くしてレイフォンを説得しただろう。

直線的な自分の性格からしてまず間違いない。

しかし、普通の学生であってもそれほど違《ちが》いはないのではないだろうか？　あるいは彼の過去を知った時点で説得を諦《あきら》めていたかもしれない。

カリアンは違う。彼は失敗しない方法を選ぶ。卑怯《ひきょう》だと呼ばれようと憎《にく》まれようとも、それが必要であれば迷うことなくその手段を使い、目的を達成させようとする。

カリアンは大人すぎた。シンの評価は正しいのかもしれない。あるいはカリアンだって、レイフォンを転科させたあの手段に罪悪感を持っていたかもしれない。

それはわからない。しかし、大人すぎた。

「まぁでも、いい会長だ。おれは気に入ったな」

「それは、わたしも」

生徒会長選挙のときに、一度ニーナのところに来ている。そのときに感じた熱意を知っている。経歴を見れば、以前から生徒会に関わってきたこともわかる。色々な出来事が書類上でのみ決されていく様をニーナよりも見てきただろう。

さきほどの会話は、実際に決定する側になったことを初めて実感したから出たのかもしれない。書類上で決まったことで、実際に血を流す者がいることを実感として初めて理解したのかもしれない。

それだけを抜《ぬ》き出して臆病《おくびょう》や優柔不断《ゆうじゅうふだん》と決めつけたくはない。誰だって失敗するし、誰だって成長する。自分の失敗を数え上げれば恥《は》ずかしくて顔を上げられなくなる。だけれど、その失敗があるからこそいまの自分はあるのだと思う。

そしていまもまた、あるいはなにかに失敗しているのかもしれない。

『誰か一人に負担をかけるなんて間違っている』

『一人ではない。小隊だ』

サミラヤとゴルネオの言葉だ。この二つが、どうしてか強く胸に突《つ》き刺《さ》さっているように感じられて、ニーナは胸を押さえたくてたまらなかった。

†

ニーナはすぐに第十七小隊を召集し、事情を説明した。

「まーた、おれたちがお出かけか。まったく野外勤務が多くて嫌《いや》になるね」

シャーニッドのいつものぼやきを聞きながら、都市外へ出る準備を進めていく。

「すぐに渡《わた》す羽目になっちゃったね」

準備が進む中で、ハーレイがレイフォンに青石錬金鋼《サファイアダイト》を渡しているのが見えた。

「さすがにこんな短期間じゃ、強化は無理だから」

「でも複合錬金鋼《アダマンダイト》の方は少しいじったから。剄《けい》の許容量は、少しは上がってると思う。使い方は変わってないと思うけど、できれば本番の前までに具合は確認しておいて」

「わかってます」

「そんな暇《ひま》があればいいですが」

最後の呟《つぶや》きはフェリだ。

彼女はすでに重晶錬金鋼《バーライトダイト》を復元し、念威端子《ねんいたんし》が数枚、彼女の周囲を舞《ま》っている。目標である汚染獣に向けても端子を先行させているに違いない。

「まぁ、話通りの雄性体ならそんな心配することもないんじゃね？」

「話通りならな」

シャーニッドとダルシェナも会話に加わる。

すでに全員、汚染物質遮断《おせんぶっしつしゃだん》スーツの上から戦闘衣《せんとうい》を着ている。あとはヘルメットを着け、ランドローラーの準備が整えば出発だ。

ニーナは無人探査機が捉《とら》えた映像に不可解な点があることも、伝えてある。

「んでも、罠って考えたらじゃあなにがよ？　って思っちまうけどな。老生体か？」

「そんなこと知るか。油断するなと言っているんだ」

「心配しなくても、シェーナの背中はおれが守ってやるよ」

「背中はいらん。そのときはお前の首根っこを摑《つか》んで肉盾にして突貫《とっかん》する」

「愛だね」

「どこがだ！」

激昂するダルシェナにシャーニッドがニヤニヤし、ハーレイが笑い、フェリがため息を吐《つ》き、レイフォンが反応に困る。

出撃《しゅつげき》前の緊張感《きんちょうかん》を弄《もてあそ》ぶ余《よ》裕《ゆう》が小隊にはある。生徒会棟で言った言葉に嘘《うそ》はない。昨年は色々あった。第十七小隊は、そのほとんどで騒動《そうどう》の渦中《かちゅう》にいた。

経験を積まないわけがない。

頼《たの》もしく思いながらもそんな彼らに本当のことを話せないのが心苦しい。ヴァティという脅威《きょうい》を報《しら》せることができないのが苦しい。

生徒会でのサミラヤの言葉が思い出される。自分だけが犠牲になればいいと考えたわけではない。ゴルネオの言葉が思い出される。できるなら誰かと、より多くの人に助けてもらいたい。

しかし、ヴァティの目がそれをさせない。

（いや……あるいはもしかしたら）

都市の外に出れば大丈夫《だいじょうぶ》か？

都市の外ならば彼女の目は届いていないのではないのか？

あるいは……しかしそれは危険な賭けかもしれない。

（だが、こんなときでなければ都市の外に出るなど……）

期待と不安が心の中で揺《ゆ》れる。

どうすればいいのかと迷う。

整備員たちが、準備の終了《しゅうりょう》を告げる。

「よし。ではいくぞ」

ニーナが呼びかけ、小隊員たちが動く。丁寧《ていねい》に整備されたランドローラーの律動が全身を揺らす。

（いましか、チャンスはないのか）

律動とともに揺れ動く期待と不安が平常心を取《と》り戻させてくれない。そんな気持ちではできることもできなくなる。

「しっかりしろ」

小声で己を叱咤《しった》し、ニーナは出発を告げた。

†

フェリが止まるように言ったのは、日が完全に沈《しず》んだ頃《ころ》のことだ。

「どうした？」

「目標に端子が到着《とうちゃく》しましたけど、おかしいです」

「どういうことだ？」

フェリはレイフォンの操るランドローラーの側車に乗っている。ニーナとシャーニッド、ダルシェナはそこに集まった。

「おかしいって、なにがよ？」

「映像を回します」

ヘルメットに接続された視界補助の念威端子が別の映像を映し出す。

そこに映っていたのは汚染獣ではない。より巨大《きょだい》で、そして見知った形だった。

「どういうことだ？」

ダルシェナが戸惑《とまど》いの声を出す。ニーナたちも同じ気持ちだった。

そこに映っているのは、都市だ。巨大な脚《あし》が地面を打ち、ゆっくりと、しかし巨大故《ゆえ》にその一歩で確実な距離《きょり》を稼《かせ》いで進んでいく自律型移動都市の姿だ。

「目標の汚染獣もいますが……」

都市の全容を映していた映像が拡大される。そこには長大な、柱のようなものに突き刺さった汚染獣の姿があった。もはや生きてはいないのか、都市の揺れに合わせて微《かす》かに揺れ動いている。

「死んでんなこりゃ、ていうかどういうこった？」

「探査機からの情報は汚染獣しか写してなかったんですよね？」

「ああ、そうだ」

レイフォンの確認にニーナは頷《うなず》く。

「だけど写真はおかしかったんだよな？　となると探査機のデータが改竄《かいざん》されてたわけだ。あの都市の仕業《しわざ》か？」

「なぜそんなことをする必要がある？　ツェルニを追っていた汚染獣をこの都市の武芸者が片付けたと考えた方が道理ではないか」

「んなことおれに言われてもなぁ」

「なんだ役に立たん」

「冷たいねぇ、どうにも」

シャーニッドとダルシェナのやりとりを聞き流し、ニーナは映像に集中した。端子は自分たちとそれほど変わらない高さから都市を映しているため、仰《あお》ぎ見《み》るような形になっている。一歩を踏《ふ》む都市の脚がのしかかるかのようだ。

「フェリ、上からの映像はないのか？」

「ちょっと待ってください」

映像は即座《そくざ》に変化した。

「え？」

「おいおい、なんだこりゃ？」

映像が変わったところで全員が唖然《あぜん》とした。

都市の上面、居住区部分になにもない。土すらも存在しない。有機プレートが剝《む》き出《だ》しになった平面がただ広がっているだけなのだ。

「人が住んでるようには見えないな」

「いや、どう見てもそうだろ」

「なんですか、この都市？」

戸惑いが飛び交う中、ニーナは映像に浮《う》かんだなにも乗せていない都市を食い入るように見つめる。こんなものが普通《ふつう》であるはずがない。しかしこんなものがここにある理由はなんだ？　ツェルニを追っている理由は？

いや、自律型移動都市。電子精霊《せいれい》。

シュナイバル。

世界の敵。

そんな単語が連想的に頭の中を過ぎていく。

「気に入りませんね」

フェリが呟いた。

「どうしますか、隊長？　本来の目標である汚染獣がいない以上、ここから先は武芸科長が想定している罠《わな》あるいは想定外の事態です。都市へ帰還《きかん》しても問題ないと思いますが？」

「そうだな。……しかし、この都市がツェルニに対してなんらかの意図を持って近づいている可能性はある」

「まっ、そりゃそうだ。ていうかそうとしか考えられねぇな」

「しかし、目的はなんだ？」

「そんなのわかるわけないだろ。……いや、もしかしたら電子精霊同士で思春期とかあったりするのか？」

「お前の発情思考はどこまでいっても発揮されるのだな」

「褒《ほ》めてないが、お前の耳と脳になにを訴《うった》えても無駄《むだ》なんだろうな」

「褒《ほ》めるなよ」

二人のやり取りの横でニーナは考える。

あるいはこれはチャンスか？

これが本当にシュナイバルが差し向けたものなら、この戦いを通して間接的にレイフォンたちに事態を報せることができるかもしれない。

しかし伝えてどうする？　なにか有効な手立てがあるわけでもない。希望が見えているわけでもない。来たるべき戦いに備えているのはグレンダンであってツェルニではない。ツェルニにいる武芸者たちでヴァティに勝てるわけがない。レイフォンが真実を知ったところで戦力差が覆《くつがえ》せるとは思えない。

いまは、眼前にある脅威を放置しておくことしかできない。

それは、あまりにも歯がゆい。

その歯がゆさ、もどかしさ、そして焦燥《しょうそう》……それらを共有する仲間が欲しいだけではないのか？　しかしそれでは、あまりにも後ろ向きすぎる。

「隊長？」

「あ、ああ、すまん。武芸科長にはすぐに繋《つな》がるか？」

「はい」

「報告して判断を仰ぐ時間はあるだろう。頼む」

「わかりました」

†

この状態はなにかおかしい。レイフォンにだってそれぐらいはわかった。入学したてのときの廃《はい》都市の調査とは違《ちが》う。その正体はわからないまでも作為《さくい》のようなものは感じる。

いま目の前で起きている不可解な事態について、ニーナはなにかを知っているのか？　あるいは関係しているのか？

ゴルネオとの通信に入ったニーナをぼんやりと眺《なが》めていると、ヘルメットでフェリの声が小さく響《ひび》いた。二人は視線を交わす。

「気に入りませんね」

「そうですね」

自然と、レイフォンの声も小さくなる。

退《ひ》くにしろ進むにしろ、ニーナの決断が遅《おそ》いように感じられた。武芸科長となったゴルネオに連絡《れんらく》を取るのは必要なこととはいえ、それをするまでに間が開きすぎているように思う。

「でも、異常事態ですから」

見るからに無人、しかも汚染獣に襲《おそ》われて……というわけでもなさそうな都市がツェルニを追いかけるように移動しているというのは、間違《まちが》いなく異常事態だ。レイフォンだって初めてだし、他の皆《みんな》もそうだ。さすがのニーナも戸惑って判断が遅《おく》れたということは考えられないことではない。

一応は、そう言ってみる。それもまたありえないことではないからだ。

「確かにそうですが、それでも普段《ふだん》より決断に時間がかかっています」

フェリの主張を跳《は》ね返すほどのものをレイフォンは見つけ出せていない。というより、レイフォンも少し時間がかかりすぎていると思っていた。目の前にあるものとは別のなにかに気を取られ、判断が遅れているのではないか？　そんな風に考えてしまう。

ヘルメットがなければと思った。ニーナの表情を見ることができれば、もっとよくわかっただろうに。

「調査をする」

ニーナの宣言で第十七小隊は再び動き出す。

「汚染獣ではなかったものの、向こうの意図はいまだ不明だ。直接乗り込んで調べ上げる」

「まぁ、そうなるだろうとは、なんとなく思ってたけどな」

シャーニッドの声には諦《あきら》めが混じっていた。

「しっかし、うちは騒動《そうどう》にはことかかねぇな。今年は楽できる年なんじゃねぇの？」

「武芸大会だけはないな」

ランドローラーは再び走り出している。フェリの計算では夜明けには例の無人都市に着くということだ。

走りながら、シャーニッドとダルシェナが話している。新年度になる前、二人はディン・ディーのことで衝突《しょうとつ》した。

「都市内部のスケジュールはそうだ。だが。都市の外まで学園都市に合わせてくれる道理はないな」

「そこは合わせてくれよ。なんつうか同情的な感じで。がんばったぜ、去年のおれらは」

「ならそれをいまから訴えにいけ」

「どこに？」

「いま向かってるだろう？」

「なるほど、騒動元に直接訴えるのは正しいよな。ならついでおれたちの熱愛っぷりを見せつけてやるべきだ。ちょっとは空気読んで離《はな》れろよってな」

「嘘《うそ》まで吐《つ》いて訴えたくはないな。それよりもシャーニッド、ちょっと前輪に足を突《つ》っ込《こ》んだらどうなるか試してみてくれないか」

「おいおい、試してみるまでもないだろうがよ」

「頭を打てばお前の幻想《げんそう》も吹《ふ》き飛《と》ぶかもしれない」

二人のやり取りにあの日のことがわだかまりとなっている様子はない。レイフォンは不思議な関係だなと思う一方で羨《うらや》ましくもあった。自分を突き放したリーリンに同じ態度が取れるだろうか？　あるいはニーナが本当になにかを秘密にしていたとき、いままでと同じ態度が取れるか？

二人の関係は、自分の狭量《きょうりょう》さを見せつけられているようで落ち着かない気分になる。

ランドローラーは進む。

フェリが仮眠《かみん》を取ったことでヘルメットの中は静かになった。端子《たんし》は無人都市の偵察《ていさつ》に向かわせたものとツェルニとの連絡用以外は接続が切れている。視界補助も切れ、荒野《こうや》の砂塵《さじん》がランドローラーのライトだけの視界をさらに狭《せば》める。

先頭を行くニーナを見る。

彼女がいまだ、自分たちの知らない戦いに独り身を投じているのだとしたら、レイフォンはどうすればいいのか？　なにをするべきなのか？

聞くべきなのだろうか？　しかし聞いたとして彼女は答えてくれるのか？

「……隊長と会話を繋げましょうか？」

「……いいえ」

寝《ね》ていると思っていたフェリの声に驚《おどろ》きながらも、レイフォンは首を振《ふ》った。

「きっと、話してくれないと思います」

「そうですね」

しかし知りたい。

この世界でなにがどうなっているのか？

リーリンやニーナたちはなにと戦っているのか。

その中で自分ができることは本当にないのか？

フェリからの言葉はなかった。本当に眠《ねむ》ったのかもしれない。ランドローラーの奏でる律動音や荒《あ》れた地面を進む音が側車にいるフェリの音を遮《さえぎ》る。

静寂《せいじゃく》の中で一人きりになるといろんなことを思い出してしまう。身をよじるような失敗の記《き》憶《おく》を思い出すまいと、レイフォンはハンドルをしっかりと握《にぎ》りしめた。

無心に前だけを見て進めればどれだけ幸せだろうか、そんなことを考えた。

†

フェリの計算に狂《くる》いはなく、日が昇《のぼ》り始めたころには無人都市が姿を現わした。

「さあて、そんじゃ、直接乗り込むのか？　フェリちゃんにがっつり調べてもらうんで十分なんじゃね？」

「そうですね。この距離《きょり》なら使える端子数が違いますから、十分な調査ができると思いますが」

「そうだな」

「乗り込んでもかまわんが、それだとランドローラーが置き去りだな」

「こんなところで移動手段がなくなるとか、ぞっとするな」

「班を二つに分けたりするのは……」

「こういうとこで戦力分散とか、洒落《しやれ》にならね」

「ですよね」

「よし、この距離を保ちながらフェリに情報収集を一任。終了《しゆうりよう》と同時に全力で帰還する」

短い作戦会議の後、ニーナの決断で動き出す。都市の脚が地面を打ち、ランドローラーがそれに合わせて揺《ゆ》れる。

一斉《いっせい》に方向転換《てんかん》をして走り出そうとしたその瞬間《しゅんかん》、異変は起きた。

「っ！　隊長！」

気付いたのはレイフォンだ。その叫《さけ》びで刹那《せつな》遅《おく》れてニーナが気付く。異変は彼女に迫《せま》っていた。瞬間の判断でランドローラーを放棄《ほうき》、跳躍《ちょうやく》する。

レイフォンは反射的にランドローラーを止め、車体をすべらせ側車を都市とは反対方向に置き、フェリを庇《かば》う。

爆発《ばくはつ》が起きた。

ニーナの乗っていたランドローラーだ。斜《なな》め上から叩《たた》きつけられた衝撃波《しょうげきは》によって車体が潰《つぶ》れ、内部の燃料に引火する。火柱が空に伸《の》び上がり、宙に退避《たいひ》したニーナに向けて舌先を震《ふる》わした。

「くそっ、やっぱ罠《わな》か」

シャーニッドが叫ぶ。

「隊長、無事か⁉」

「スーツをやられた」

着地したニーナはすばやく補修剤《ざい》を取りだし、穴の開いた部分に吹き付けている。

そうしている間にも第二波がやってくる。だが、今度は奇襲《きしゅう》ではない。レイフォンの反応が間に合う。

復元した簡易型複合錬金鋼《シム・アダマンダイト》で衝剄《しょうけい》を放って迎撃《げいげき》する。

「おい、ここにいたらやられっぱなしだ。さっさと逃《に》げようぜ」

不可視の爆発が空《くう》を歪《ゆが》ませる中、シャーニッドが叫ぶ。

「お前たちはそのまま行けっ」

スーツの補修を終えたニーナも錬金鋼《ダイト》を復元させて応戦する。しかし攻撃の波はより激しさを増し、二人がかりでも押し返すには至らない。

「おいっ！」

「誰《だれ》かが引き付けなければ、このまま続くぞ」

「ああ、くそっ、こんなときに」

「シャーニッド先輩《せんぱい》、フェリ先輩を」

「ああん⁉」

「僕も残ります。二人で引き付ければなんとかできる」

「レイフォン」

「フェリ先輩は後ろに」

「……わかりました」

レイフォンのランドローラーにはフェリが乗っている。彼女を守りながら迎撃を続けるのは危険だ。

「ええい！」

続く拮抗《きっこう》状態にシャーニッドは苛立《いらだ》たしげに怒鳴《どな》ると、ランドローラーをレイフォンに近付ける。

「死ぬなよ」

「わかってます」

フェリの移動を確認すると、片手でランドローラーを操り、ニーナの元へ。彼女もなにかを言う余裕《よゆう》もないままレイフォンの操るランドローラーの側車に立ち、応戦を続ける。

ランドローラーを走らせる。

無人都市へと、何者かが潜《ひそ》む謎《なぞ》の都市へと。

04 仙者と扇動者《せんどうしゃ》

静かに向き合っている。

踏《ふ》み固《かた》められた地面を大きな円を描《えが》くように壁《かべ》が覆《おお》っている。円蓋《えんがい》状の闘技場だ。やや手狭《てぜま》な感のあるこの闘技場に観客席というものはない。だが、いくつかのカメラが仕込まれてはおり、そのカメラからの映像を幾人《いくにん》かの者が見ることができる。

向かい合っているのは二人の武芸者だ。一人は顎鬚《あごひげ》を蓄《たくわ》えた壮年《そうねん》の武芸者だ。上段に構えた大型の剣《けん》は剣先《けんさき》が背後の床《ゆか》に刺《さ》さっている。

対するのはまだ若い武芸者だ。壮年の男が持つ大剣と比べればあまりにも脆弱《ぜいじゃく》な刀を腰《こし》に当て、構えている。

お互《たが》いに武器を相手の眼前に晒《さら》さない、剣身《けんしん》から間合いを測らせない構えだ。

その構えのまま硬直《こうちょく》してどれくらい経《た》つだろうか。

そしてそんな時間の流れを見守るのはカメラからの映像を見ることのできる、ほんの数人の者たちだけだ。

この都市では、武芸者の強さとはあくまでも都市を守るためのものであり、都市民たちに見せつけるものではないという考え方なのだろう。

（それでも都市運営は成り立つのか）

モニターの映像を眺《なが》めながら、カリアンはそう思った。

武芸者の試合というのは生《なま》で見ることのできる派手なイベントとして、閉塞《へいそく》された都市に生きる人間たちの潜在的《せんざいてき》な憂《う》さを晴らす良い手段だと思っていた。そして実際、そうしている都市が多いようだとは、学園都市で得た様々な都市の出身者の話を聞いての感想だ。

だが、この都市は違《ちが》う。外来者が見ることができる限りでは、武芸者同士の戦う闘技場に一般人《いっぱんじん》の来場は認められていないようだし、人気武芸者のポスターやフォトデータが売られている様子もない。

「どう見ます？」

カリアンは隣《となり》の女性に声をかけた。

この特別観覧室には数個の席があり、カリアンたちの他にも数人の男女が試合の行方《ゆくえ》を見守っている。静かな睨《にら》み合《あ》いには緊張感《きんちょうかん》が宿っているように見えるが、素人《しろうと》であり一般人のカリアンにはそれ以上のことはわからない。

反対側に座るもう一人の女性は緊張している様子で、話しかけられる雰囲気《ふんいき》ではない。

自然とこちら側の女性に意見を求める。

「わかりきっていることかと」

女性は端的《たんてき》に言い切った。

「そうかな？　それならいいのだけど」

「しかし、こんなことになんの意味が？」

「向こうが提示してきた条件だよ。私としては受けざるを得ないね」

「そうですか？　データを渡《わた》せばそれでよいのでは？」

「作り物と思われても困るのさ」

「その程度の眼力しかないのであれば……」

女性の言葉が途切《とぎ》れた。遅《おく》れてカリアンも気付く。カメラ越《ご》しでも空気がわずかに変化したのがわかる。

素人のカリアンでさえもカメラ越しの空気が変わったのがわかるのだ。武芸者たちならばもっとだろう。

カリアンがそう思った後に動いた。

静止していた二人の姿が高速に至ったことでブレる。生み出された衝撃波の食い合いにカメラが巻き込まれ画像が揺れる。砂嵐《すなあらし》が走り、沈黙《ちんもく》する。

「やっとですか」

特別観覧室に走ったざわめきの隙間《すきま》で、隣の女性が冷たく囁《ささや》いた。

映像が復活する。

ざわめきが室内を支配した。

そこには二つに折られた大剣を摑《つか》んで膝《ひざ》を付いた男と、その男の肩《かた》に刀の峰《みね》を押しつけた若者の姿があった。

若者の目がカメラに向けられる。

『まっ、こんなもんさ～』

唇《くちびる》はそんな言葉を形作ったように見えなくもなかった。

日を置かず、カリアンの姿は放浪《ほうろう》バスの前にあった。個人所有を示す独特のカラーリングがされた放浪バスの前、都市の役員らしき人物と握手《あくしゅ》を交《か》わし、車内へと入る。

「これでやっと三つめですか」

席に着いたカリアンに女性が話しかける。毅然《きぜん》とした態度の黒髪《くろかみ》の女性だ。旅装を嫌《きら》ってスーツを身につけているということもあって、険の強い印象がある。

「シュタ一ニア、気に入らないのならばサントブルグに戻《もど》ってください」

「そんな、若」

「そもそも、護衛という意味で彼らはいるのですし、あなたの一族は父のキャラバンに雇《やと》われたのだし、あなたもいまは正式にそちらの所属のはず。本来の任務に戻ってもらってもいいのですが？」

「いえ、私も同行します」

「ならばもう、旅の目的についてとやかく言うのは止《や》めてもらえるかな」

一転して動揺《どうよう》した女性、シュターニアにカリアンはとどめの言葉を投げかける。

「もうしわけ、ありません」

悄然《しょうぜん》と頭を下げるシュターニアを笑ったのは、ハイアだ。

「まぁ、そう冷たくするもんじゃないさ。合流する前から『若は若は〜〜』ってそりゃもう落ち着いてなかったんだからさ〜」

「ハイア・ライア！」

「おおっと、本当のことを言ったまでさ」

顔を真っ赤にして怒《おこ》るシュターニアに、ハイアはにやにやと笑っている。その彼の背後でミュンファがおろおろとしている。

そんな光景に、カリアンは表情を緩《ゆる》めた。

「いや、すまなかった。私も少し苛々《いらいら》していたようだ」

「そんな若……」

「なかなか手応《てごた》えを得られない行為《こうい》だからね。君がそうなるのも無理はない」

「いいえ、若が謝られるようなことではありません！　全《すべ》てはこの、シュターニアが若のお心を理解していなかったからこそ……」

「うん、わかったからとりあえず落ち着いてくれないかな」

「はっ！　こ、これは失礼を」

背もたれに身を預けたカリアンに襲《おそ》いかからんばかりに迫《せま》っていたシュターニアだが、すぐに自分の状況《じょうきょう》に気付いて顔を真っ赤にして離《はな》れる。

そんな彼女の姿には懐《なつ》かしさと違和《いわ》感《かん》が混在する。

父、グラーヴェンがシュターニアの一族をまとめて雇い入れたのは、フェリが生まれたばかりぐらいだったか。カリアンが生まれる前あたりから自ら都市から都市への情報交易に出ることはなくなっていたのだが、そのときには重要な案件でもあったのか自ら都市を出、そして帰ってきたときにはシュターニアの一族を連れていた。

彼女の一族はなにかの理由でもといた都市にいられなくなったという。出会ったばかりのシュターニアはカリアンよりもわずかに年上でお姉さんという感じだった。

年の差が埋《う》まるはずもないのだが、いまの彼女を見ていると精神的な部分では差が埋まってしまったのではないかと思う。

「ところでハイア君、さきほどの武芸者、手応えはどうだったかな？」

「ん〜まぁまぁってところかさ〜」

「嘘《うそ》ですね。ぎりぎりだったはずです」

「そんなことはないさ〜」

「あ、あの……ハイアちゃんはがんばってました」

「そうね、ミュンファさん。ハイアはがんばって勝ちましたね」

「ミュンファ〜、余計なことを言うなさ〜」

「ご、ご、ごめんなさい！」

騒《さわ》がしくなったのを見計らうかのように放浪バスに出発の許可が下りた。運転手に目配せをして出発を指示する。牽引《けんいん》策によって吊《つ》り下《さ》げられていた放浪バスはゆっくりと下ろされ、地面に足を下ろすと都市とは別の方角に進み始めた。

「ハイア君が危ういと感じるほどの実力者がこの都市にはいた。他の都市にもそういう武芸者は眠《ねむ》っているに違いない。ならばそんな彼らにあの映像を見せることができるなら、それは決して無駄《むだ》な行為にはならないはずだ」

そうだ。あれはいつか、再び自分たちの生きているこの世界で起きることなのだ。カリアンは知っている。学園都市に、カリアンが去ったツェルニにそれができる存在がすでにいるのだ。

そのとき、自分たちは知らないままにそれを過ごしていいのか？　運命として決まっていることは、運命として抗《あらが》う者たちに任せるだけでいいのか？

「その運命に穴があったとき、では私たちはどうなる？」

そのために自分は動いている。一人でも多くの人が、一人でも多くの強者が世界の危機に気付くことができれば、そのときには……

「あるいは絶望で動けなくなるか」

あのデータにはそれほどの危険性がある。

グレンダンを覆《おお》う化け物。

いま、カリアンが各都市を巡《めぐ》り、配り回っているのはツェルニで記録したあのときの映像だ。世界の危機が現実のものとして眼前に現われたときの記録だ。

ハイアさえも、一瞬《いっしゅん》、自分がなにを見せられたのか理解できなかったほどに、強烈な映像だ。

他の者が怯《おび》え、動けなくなったとしたらその映像をばらまくカリアンは敗北の運命を予言し、絶望を撒《ま》き散《ち》らす不吉《ふきつ》な扇動者《せんどうしゃ》ということになる。

「どうか、そうはならないで欲しいものだね」

人類のためにも。

そして自分のためにも。

放浪バスは進む。次なる都市に恐怖《きょうふ》の記録を届けるために。

「そして、それに打ち勝つために」

車内の喧噪《けんそう》を追い出そうと、カリアンは目を閉じた。

†

荒野をランドローラーが走る。

「止まっている余裕《よゆう》はありません」

「わかってる！」

レイフォンはランドローラーを片手で操作しながら、ニーナは側車の上に立ち、二本の鉄鞭《てつべん》を振《ふ》り回して無人都市から降り注ぐ衝剄《しょうけい》の雨に対応している。

いまだに敵の正体は見えていない。衝剄は直線の軌道《きどう》を描《えが》いていないようだということはわかった。ここからでは見えない位置から、放物線を描く形でレイフォンたちに衝剄を放っている。

そして、攻撃《こうげき》はこちらに集中し、フェリたち撤退《てったい》組には向かっていないようだということもわかっている。

「跳《と》べる位置に着いたら跳ぶ。助けを待つか、ツェルニに着かれてしまうか、脱出《だっしゅつ》手段が二つに一つになるが、いいな!?」

「はい！」

ニーナの問いかけにレイフォンは頷《うなず》く。

ランドローラーは無人都市に向かって全力で走る。

その巨体《きょたい》のためすぐ近くにあるように見えるが、実際にはまだかなりの距離《きょり》があった。

(この距離でここまで正確に狙《ねら》ってくる)

それはかなりの実力がなければできない話だ。

人が居住することを想定していないかのような都市に、実力のある武芸者。襲ってくる剄《けい》の質から、それは一人だろうとも予測している。

たった一人を運ぶための都市。

初めての事態に、レイフォンは戸惑《とまど》いを隠せない。襲いかかる衝剄に対処する動きとは別に、そこに潜《ひそ》んでいるかもしれない可能性について考えてしまう。

ニーナが関係しているのだろうか？

いまこそ問うときだろうか？

なにかが動いているのならそれを知りたい。レイフォンはいま、とても強くそう思っていた。なにかが動いていないままでいたくはなかった。決断することさえできない。なにもわからないまま飛び出す勇気は自分にはない。だからこそ、わかりたい。

永遠とさえ感じられそうな長い防戦と疾走《しっそう》の果て、レイフォンたちの駆《か》るランドローラーは無人都市の足もとに辿《たど》り着《つ》く。

「行くぞっ！」

「はいっ！」

ニーナのかけ声に合わせて、跳ぶ。側車にあった荷物を掴《つか》んだため、レイフォンがわずかに遅《おく》れるが、跳躍《ちょうやく》の速度ですぐに追いつく。二人の間を衝剄が駆け抜け、ランドローラーが爆砕《ばくさい》する。燃え上がる炎《ほのお》の手から逃れ、二人は、無人都市の外縁《がいえん》部に足を下ろした。

「っ！」

嵐《あらし》のような攻撃《こうげき》が来る。そう思っていた。

だが現実には、衝剄による攻撃は沈黙《ちんもく》した。レイフォンたちの眼前にはどこまでも続く有機プレート剝《む》き出《だ》しの平面がある。ここには土すらない。人が、人々が生きるための基《き》礎《そ》をなに一つ置くことなく、ただ広大な平面だけを都市は備えている。

「どこだ……？」

ニーナの声を耳にしながら、レイフォンも周囲を窺《うかが》う。しかし、活剄《かっけい》で感覚をどれだけ強化しても、敵の姿はなかった。

「殺剄《さっけい》で姿を消した？」

「フェリ、念威《ねんい》で探し出せないか？」

（…………隊…………フォン……）

「フェリ？」

（雑……ぼ…………絶…………）

「フェリ。どうした？」

「フェリ先輩《せんぱい》？」

二人して呼びかける。だが、ヘルメットに繋《つな》がっている端子《たんし》からのフェリの声は雑音に紛《まぎ》れ、なにを言っているのかわからない。やがて、その雑音さえも弱く細くなり、消えた。

「念威が妨害《ぼうがい》されている？」

「フェリ先輩ならこの距離で念威が切れるはずがないですし、向こうが襲撃《しゅうげき》されているというのでもない限り」

「そんな気配があったか？」

「いいえ。この都市からは。でも……」

「どこかで伏兵《ふくへい》されていたら……か。くそっ！　しかし考えてもこちらはもう動けない」

「ええ……」

ニーナの言葉の意味はわかる。レイフォンはさらに集中して周囲を窺う。

気配をとらえて、二人は目を合わせた。

「誰か動いたな？」

「誘われてますかね？」

「……かもしれないな」

「何者、なんですか？」

あるいはニーナは知っているかもしれない。そんな思いで質問してみる。

「わからん」

だが、ニーナは首を振った。

その声に嘘があるようには思えない。

あるいは、嘘はないと信じたいのか。

「とにかく、自分ができることをいまはするしかない。レイフォン、二手に分かれてこの都市を探ろう」

「はい……いいえ、隊長、こういうところで別行動はむしろ危険です。一緒《いっしょ》に行動した方がいいと思います」

「そうか？　そうだな。なら行こう」

「はい」

先に進み出したニーナを、レイフォンは荷物を担《かつ》いで追いかける。

聞くべきか、そうでないのか。

レイフォンの中で二つが揺《ゆ》れ動《うご》く。いまはそれどころではない。正体不明の都市、いまだ姿を見せていない襲撃者。油断はしていない。しかし聞きたいこと。聞かなければならないことがあることも、確かだ。

外縁部に沿って、二人は都市の外周部分をまず調査する。円卓《えんたく》状の、都市上部はどこまでいっても地下層との境である有機プレートしか見えるものがない。視覚を強化する必要もなく真反対の外縁部さえ見ることができる。

こんな状況《じょうきょう》で相手はどこに隠《かく》れているのか？

「地下か」

「それしかないですよね」

異論を挟《はさ》む余地もなかった。地上にはなにもない。空を飛べるというのでなければ、もう地下しかない。

しかし、地下への入り口を探すとなると一カ所から見渡《みわた》すだけでは見つからないかもしれない。こんな状態で、ちゃんとした入り口が作られているとは思えない。正直、板を一枚被《かぶ》せられているだけで、見渡すだけの捜索《そうさく》には十分な隠蔽《いんぺい》になる。

フェリの念威に頼《たよ》れない以上、歩いて地道に探す以外に道はなかった。

「あとは持久戦で、向こうが動き出すのを待つか」

「それもいいが……」

レイフォンの呟《つぶや》きにニーナは迷いを見せる。その姿に、レイフォンは首を傾《かし》げた。

「隊長？」

「ん？」

「もしかして、怪我《けが》してますか？」

「あ、ああ。少し。スーツを破られたからな」

「いまのうちに手当をしましょう」

「いや、活剄で治せる程度だから……」

「治せるときにはきちんと治療《ちりょう》しておくべきですよ」

「む、そうか。そうだな」

すぐに背負った荷物から医療《いりょう》キットを引っ張り出す。補修剤《ざい》には汚染《おせん》物質を除去する効果もあるが、それでも内部に侵入《しんにゅう》したもの全てを消し去れたわけではないはずだ。

「しかし、ここで戦闘衣《せんとうい》を脱《ぬ》ぐのは……」

「大丈夫《だいじょうぶ》です。なにかあればすぐに反応してみせます」

レイフォンは青石錬金鋼《サファイアダイト》を抜いて、鋼糸《こうし》で復元する。即座《そくざ》に周囲数キルメルに展開させ、防御陣《ぼうぎょじん》を形成する。

「いや、そういうことではなくて、だな」

「？　なんですか？」

「いや、戦闘衣の下が、だな。一応、スパッツやシャツは着ているとはいえ……」

「？」

よくわからないが、ニーナが顔を赤くして慌《あわ》てている。

「あれだ、ほら、わかるだろう」

「なんですか？」

「遮断《しゃだん》スーツはかなりの薄手《うすで》だし、さっきの衝撃《しょうげき》で少し破れてしまったようだし……」

「だから、いまのうちにそちらの補修もちゃんとしましょう。講習は受けましたから、簡易修繕《しゅうぜん》なら僕ができます」

「う、うむ。そうだろうな。そうだろうが、だから、な」

「……隊長、さっきからなにを言ってるんですか？」

「誰《だれ》もいないとは言え、野外で肌《はだ》を晒《さら》すのはどうかと、わたしは言いたいのだ！」

　これ以上ないほど真っ赤になって叫《さけ》ぶニーナに、レイフォンはようやく理解した。

　理解したら、レイフォンの顔も赤くなった。

「待ってください。テントがあるはずです」

「まったく……」

　慌てて荷物の中からテントを探し出す。拳《こぶし》大にまでたたまれたテントは、封《ふう》を解いて放り投げると、弾《はじ》けるようにして一人用のテントとなった。

　ニーナがそこに入り、戦闘衣を脱ぐ。レイフォンは医療キットをテントの中に入れると、代わりに戦闘衣と、その下に着ていた遮断スーツを受け取った。

　相変わらず、気が利《き》かない奴《やつ》だ。

　戦闘衣と遮断スーツを脱ぐと、体中から熱が抜けた。動きの邪魔《じゃま》にならないよう、伸縮《しんしゅく》性のある薄手のシャツとスパッツのみという姿になり、ニーナは全身を確かめる。痛みが抜けないのは右太ももの内側に、背中だ。

太ももの内側を見れば、小さな切り傷を中心に黒いシミのようなものが広がっている。汚染物質が傷口から侵入し、皮膚《ひふ》を焼いたのだ。シミがこれ以上広がる様子がないのは、汚染物質の侵入はうまく防げていたということだろう。

痛みはいまもある。緊急時《きんきゅう》の集中力と警戒時《けいかい》の集中力は質が違《ちが》う。都市に辿り着くまでは痛みのことなど完全に忘れていたが、都市に入ってからは徐々《じょじょ》にその痛みが気になりだしてはいた。

そこをレイフォンにすばやく見抜《みぬ》かれてしまった。おそらく、痛みを気にしたことで動きに変化ができたのだろう。

「こういうことはすぐにわかるのにな」

気が利かないかと思えば、鋭《するど》い一面がある。

しかしその鋭さは、戦いに集約されてしまう。

彼はニーナよりも優れた武芸者だ。そんなことはいまさら言うまでもない。廃貴族《はい》の協力を得、高い剄力《けいりょく》とそれに耐《た》える錬金鋼《ダイト》を手にはした。しかしそれでもレイフォンに勝てるとは思っていない。あるいは一瞬《いっしゅん》の破壊力《はかいりょく》ならレイフォンを凌駕《りょうが》したかもしれない。

しかしそれだけだ。

高い勁力を活《い》かす経験、技術、体術、戦術。全てにおいてレイフォンの方が何百歩と先を行っている。

レイフォンの協力が欲しい。彼がいてすぐに勝てるというわけではない。だが、強くなるために彼の協力が欲しい。フェリやシャーニッド、ダルシェナにだって。話せるのならばもっともっと色々な人に知ってもらって協力を頼《たの》みたい。

しかし、学園都市の中ではだめだ。ヴァティの目がある。そして彼女がその気になれば、グレンダンでの悪夢のような光景が学園都市で再現されてしまう。そうなったとき、学園都市の人間に抗《こう》する術《すべ》はない。

しかし、ここでならば、学園都市から離《はな》れたここでならば、どうだ？

話してもいいのではないか。

語るのならば、協力を願うのならばいいましかないのではないか？　語ったところで、協力を願ったところで、自分たちにはなにもできないかもしれない。相手の力は余りに強大で、ニーナたちは戦う前から絶望してしまうほどだ。それでも、一人でも多くの人に知ってもらわなければならないのではないか。

「いましか……」

ないのかもしれない。

「修繕終わりましたけど、そちらはどうですか？」

テントの外から声がしてきた。物思いに耽《ふけ》っていたニーナは我に返り、痛みを確かめる。

太ももの治療はした。他はざっと見たところ傷はない。あと一つ、そこにさえ薬を塗《ぬ》れば、あとはカプセルの抵抗剤《ていこうざい》を飲めば終《しま》いだ。

しかし、その一つが。

「すまんレイフォン、手伝ってもらわなければ無理だ」

「えっ、どこですか？」

「背中だ」

手鏡でも確認が難しいが、痛みはある。手を伸《の》ばせば届くのだが、それではきちんと塗れたかどうかが心許《こころもと》ない。太ももほどでもないので怪我は軽いだろうが、放置しておくわけにもいかない。

「あ、はい。わかりました」

テントの入り口からレイフォンが顔を覗《のぞ》かせようとして、はっと気付く。スパッツもシャツも、切れ目から裂《さ》けて広がっている。ニーナは慌てて入り口に背を向けると身を丸くした。

「えっと、ここに塗ればいいんですね」

狭《せま》いテントだ。外への警戒もある。レイフォンはすぐに傷を確認すると、片手だけをテントに入れてくる。ニーナが指先に塗り薬の容器を押しつけることになる。レイフォンの指が薬を大きくすくい取り、背中に指を当てる。薬の冷たい感触《かんしょく》が触《ふ》れたとき、思わず体がビクリと揺れた。

「染《し》みました？」

「い、いや、大丈夫だ」

指先が触れた瞬間《しゅんかん》、自分でも良くわからない緊張《きんちょう》が全身を走った。レイフォンの問いは否定したが、染みたとしか思えない。背中で、傷口に薬が当たる瞬間を自分で把握《はあく》できないから普段《ふだん》以上の反応をしてしまったに違いない。

そうに違いない。

しかしそれでは、いま背中に薬を広げている手の感触に、なにやら緊張している理由がよくわからない。レイフォンが異性だからか？　まさか。病院で治療してもらうのに医師の性別を気にしたことはない。

今の状況で異性の手が自分の肌に触れていることはそういうことと同じではないか。

わけがわからない。

唇《くちびる》だけを動かす。音にはしない。レイフォンに聞き返されても返答に困ってしまう。

手はすぐに離れた。

「助かった」

それを惜《お》しいと感じている自分が、さらにわけがわからず。ニーナは自分の心を揺らすあれこれを一言で切り捨てる。

「ではなるべく早く。なんだか、空気がおかしくなってきました」

レイフォンからの返答は、さらにニーナを強く現実に引き戻した。

「急ぐ」

短く、しかし鋭く答え。ニーナは修繕された戦闘衣と遮断スーツに手を伸ばした。

†

空気の変化に、レイフォンは急いでスーツの補修キットを荷物に放り込み、簡易型複合《シム・アダマン》錬金鋼《ダイト》にも手を伸ばした。

スーツの補修中も鋼糸は展開したままだった。体の一部が触れていれば、そこから剄を伝って鋼糸の振動《しんどう》を受け止めることができる。変化はなかった。

だがいま、空気が変わっている。

潜《ひそ》んでいる何者かが動こうとしているのかもしれない。

背後のテントを気にしながら、レイフォンはゆっくりと立ち上がる。あの遠距離射撃《えんきょりしゃげき》だけでもかなりの手練《てだ》れだ。鋼糸の防御陣をくぐり抜《ぬ》けている可能性はある。油断はせず、周囲を確認する。

「ぬるいわ」

背後からの声。表情が強《こわ》ばった。目を見開くと同時に体が動く。振《ふ》り返《かえ》る。簡易型複合錬金鋼を引き抜く、復元、テントの真上を駆《か》け抜ける形で刃《は》を解き放つ。

柱に、刃が受け止められた。

いや、それはとても太い、棍棒《こんぼう》のようなものだ。

そこには、とても巨大《きょだい》な男がいた。身を焼くような覇気《はき》を放つ憤怒《ふんぬ》の戦士がいた。

いや、違う。そう見えただけだ。強力な剄の放射による錯覚《さっかく》現象だ。慄《おのの》くのはわずか、レイフォンの目は真実を捉《とら》える。

レイフォンとテントの間に、いつのまにか男が立っている。痩身《そうしん》の男だ。老人だ。白い頭髪《とうはつ》は後ろに撫《な》でつけられ、鬚《ひげ》も整えられている。有機プレート剝《む》き出しの味気のない大地に似つかわしくない枯葉《かれは》色のスーツを着ている。

手にしているのは鉄鞭だ。ニーナのものよりも細い。

それがレイフォンの刀を軽々と受け止めていた。

「ここは儂《わし》の戦場だ。どこにでもいて、どこにもいない」

　老人はそう言った。

「若造。しばらく寝《ね》ておれ」

　聞こえたときには前に出ていた。老人の背後にはニーナのいるテントがある。退《ひ》くという考えはなかった。簡易型複合錬金鋼の刀を引きながら、鋼糸の刺突《しとつ》を放つ。無数の鋼糸による極小の刺突の雨は、老人の体を貫《つらぬ》くはずだった。

　だが、手応えはなかった。

「っ！」

　鋼糸がことごとく老人を避《よ》けていく。老人とその背後のテントを避けて鋼糸は突《つ》き進《すす》み、一部が有機プレートを抉《えぐ》って爆《ばく》発《はつ》する。

　レイフォンがそうしたわけではない。鋼糸の刺突を老人の剄が強引に押しのけたのだ。

　そうとしか考えられない。

「器用な若造だ。だが貴様には力を押し通す気迫《きはく》が足りん」

　言葉は後からやってくる。老人はすでに動いている。引いた刀を再び振り上げる。だが、体がついていってない斬撃《ざんげき》に力はない。鋼糸を全周囲から襲《おそ》わせる。もはや間に合わない。

　再び刀を受け止めた老人が目の前にいる。

そして左手には自由な、もう一つの鉄鞭が。

振り上げられ。

「くっ」

刀は間に合わない。鋼糸の軌《き》道《どう》を変化させる。鉄鞭とレイフォンの間に壁《かべ》を形成する。

「甘いわっ！」

怒《ど》号《ごう》が世界を支配した。音声剄技、戦声《いくさごえ》の衝撃《しょうげき》が全身を打つ。老人の気合いがレイフォンの戦意を吹《ふ》き飛ばす。鋼糸の壁《けいぎ》は粉砕《ふんさい》され、レイフォンの肩《かた》に鉄鞭が落ちる。

半身から感覚が消失した。次の瞬間にはレイフォンの視界は回転し、上昇《じょうしょう》し、落下した。

自分の状況《じょうきょう》を理解するよりも速く、レイフォンの意識は衝撃波によって吹き飛ばされた。

「レイフォン！」

なにかが起きた。気付くのが遅《おそ》すぎた。ニーナが戦闘衣《せんとうい》を着終わり、音に気付いて飛び出したときには終わっていた。爆発が辺《あた》りで連なり、レイフォンの姿が空中にあった。

そしてニーナの眼前には細い鉄鞭を構えた老人の背中があった。

その背中には覚えがあった。

「……まさか」

驚きの中で、その背中の気配を記憶《きおく》から引き出せたのは意外なことだった。

しかし、ニーナはその背中だけで、いや、正確にはその手にある鉄鞭や立ち姿で誰《だれ》かを思い出した。

思い出せたことに、自分の記憶の中にある存在であることにニーナはさらに驚いた。

「大祖父《おおおじい》さま」

「ひさしぶりだな。ニーナ」

振り返った老人の背後で、レイフォンが遠くの地面に落下した。助けに行きたかった。

だが、大祖父の気配が、ニーナがこの場から動くことを許していなかった。

人工冬眠《とうみん》を繰《く》り返しながら、アントーク家にはるか昔から君臨する、ニーナの尊敬する老武芸者が目の前にいる。

ジルドレイド・アントークがここにいる。

「大祖父さま、なぜ……？」

どうして、この場にいるのか理解できない。大祖父はシュナイバルを守るため、緊急《きんきゅう》事態と定期的な検診《けんしん》のときにしか人工冬眠を解かないはずだ。ニーナだって二、三度しか会ったことがない。

それでも見間違《みまちが》えるはずがないほど、大祖父は強烈《きょうれつ》な印象がある。父親のような肉厚な体格ではなく、一見すれば気むずかしい隠居《いんきょ》老人にさえ見えるのに、父よりもはるかに強い。アントーク家の武芸者が束《たば》になってかかり、その全てをはね除《の》けた光景はいまでも鮮《せん》烈《れつ》に記憶している。

「大祖父さまはシュナイバルの守護神だ」

そう言った父の言葉を覚えている。

そんな大祖父が、どうしてここにいる？

「シュナイバルとツェルニの間でなにがあったか、儂が知らぬとでも思ったか」

「では……」

大祖父と電子精霊シュナイバルは、関係がある。同じことを知り、同じことに備えている。そういうことか。

「そうだ。故《ゆえ》に儂は来た。滅《ほろ》ぼすモノを滅ぼすために。そして、哀《あわ》れな孫をツェルニの策略から引きはがすために」

「ツェルニはそんなことはしません」

「ならばなにゆえ、沈黙《ちんもく》する？」

「くっ………」

「なにを理由に沈黙する？　保身か？　ならば良かろう。脅威《きょうい》に対して都市民を守ろうとするのは電子精霊《せいれい》として正しい行動だ。しかし、本当にそうか？　保身ならばなぜ警告を縁《えん》に放たぬ？　賽《さい》は投げられた。グレンダンに悪夢は落ちた。もはや月下の闘争《とうそう》は避けられぬ。この世界の始まりよりある因縁《いんねん》の決着が付けられようとしている。混沌《こんとん》がこの大地をかき混ぜるのだ。何者も死なぬなどありえない。何者も傷つかぬなどありえない。何者も滅びぬなどありえない。利害が衝突《しょうとつ》し、和解はありえぬ。どちらかが滅びるまでこの闘争は続けられる。その決着がやってこようとしている。それなのになぜ沈黙する？　その答えをお前は知っているというのか？」

「…………」

答えられない。

それは、ニーナにもツェルニに対して不審《ふしん》があるからだ。声が出ないわけではないはずだ。しかし、すでにヴァティのことを知り、シュナイバルとの事情を知っているニーナにさえもなにも話してはくれないことに違和感や疑問はある。

しかし……

「ツェルニはわたしにこれをくれた」

手にした錬金鋼《ダイト》を復元する。

それは、電子精霊の力を凝縮《ぎょうしゅく》させたもの。廃貴族《はいきぞく》に憑依《ひょうい》され、普通《ふつう》の錬金鋼では全力の勁に耐《た》えきれないがために、ニーナのために生みだしてくれた武器。

「あの窮地《きゅうち》の中、少しでも自分のための力の必要なあの状況の中で、わたしを信じて授けてくれたもの。これに賭《か》けて、わたしはツェルニを裏切ることはない」

「ふん、なるほど。我《わ》が一族らしい返答だ」

ジルドレイドの表情が一瞬緩《いっしゅんゆる》む。

だが、それは本当に一瞬だ。頬《ほお》に浮《う》かんだ皺《しわ》は消え、厳《いか》めしさが宿る。全身から放たれた勁の圧力がニーナを押す。堪《こら》える足が、地面を削《けず》った。

「ならば鉄塊《てっかい》がごとき意思をもって、鋼《はがね》を砕《くだ》く気迫をもって、儂は貴様を力尽《ちからず》くで連れ帰ろう」

「そんなことは、させない！」

ニーナは叫《さけ》ぶ。叫ぶことで気迫を呼《よ》び戻す。

そして大祖父の勁に対抗《たいこう》するには、いまのままではダメだと理解してもいる。

「メルニスク！」

だから、呼ぶ。ニーナの内側に潜む廃貴族を呼び覚ます。

黄金の牡山羊《おやぎ》が目覚める。

黄金の波動がニーナを包む。中心となって弾《はじ》ける。勁脈《けいみゃく》に注がれる。刻まれる鼓動《こどう》が高

く速くなり、急速な内部圧力の変化は目眩《めまい》を起こす。

眩《くら》む己を噛《か》み潰《つぶ》し、ニーナは眼前に意識を注ぐ。

ジルドレイドはニーナよりも細く長い鉄鞭を地面に向け、彼女の変化を見つめていた。

「ふむ、なるほど……」

目尻《めじり》に険しく皺を寄せ、ニーナを観察している。

その視線はニーナではなく、内側にいる廃貴族《メルニスク》を見ているとしか思えない。

「それがお前の力か。ならば言葉は要《い》らぬ。見せてみよ。示してみせよ。己の意地と意思を貫く気迫を」

「はいっ！」

答え、叫ぶ。

駆ける。

前へ出る。

突き進め。

鉄鞭に意気を込め、剄を込め、力を込め、疾走《はし》る。大祖父を納得させ、シュナイバルへと帰還《きかん》させる一撃《いちげき》を、成《な》し遂《と》げられることの証拠《しょうこ》を、ツェルニを信じられる力を……

「あなたに、示してみせる！」

活剄衝剄混合変化《かっけいしょうけいこんごうへんげ》、雷迅《らいじん》。

速度は雷になり、持ち上げた鉄鞭に宿る。距離《きょり》は瞬時《しゅんじ》に埋《う》まり、衝撃波が背後から追いかけてくる。

全ての勢いを鉄鞭に込め、ニーナはジルドレイドに振《ふ》り下ろした。

紫電《しでん》の爆光が視界を埋め尽くす。

反作用が鉄鞭から腕《うで》に伝わり、背中を抜《ぬ》けていく。それは手応えだ。

「……これで限界か？」

鉄鞭を振りきれなかった手応えが、言葉となってニーナの耳を打つ。

目の前にジルドレイドがいる。鉄鞭を交差させ、ニーナの雷迅を受けきり、スーツに汚《よご》れ一つつかぬまま、そこに立っている。

厳めしい老人の顔が、凄《すさ》まじい眼光をニーナに注いでいる。

「グレンダンの剣《けん》たちを見たはずだ。ならば貴様の力が、貴様の力だけが特別ではないことを知ったはずだ。特別であってもその程度であるということを知ったはずだ。それでもなお茨《いばら》の道を進むというのであれば……」

「くぅ……」

圧力が増す。ジルドレイドから放たれる剄が増加した。雷迅を打ちはなった形のまま、ニーナは圧力に押されるのに耐えた。押し返すべく剄を奔《はし》らせる。意識の中でメルニスクが咆哮《ほうこう》する。

しかしそれでも、ニーナはじりじりと背後に押されていく。

ジルドレイドはその場から動かない。

「アーマドゥーン」

ジルドレイドが呟《つぶや》く。

それがなにを示すのか、ニーナにはすぐにわからなかった。

結果が教えた。

剄の圧力がさらに、爆発的《ばくはつてき》に増加し、ニーナは今度こそ耐えきれずに飛ばされた。

飛ばされる瞬間《しゅんかん》、ニーナは見た。

「まさか……」

そう思いながら、それは至極妥当《だとう》なことでもあるように思えた。電子精霊の生まれる地、シュナイバル。全ての電子精霊の母、シュナイバル。大祖父を運ぶ、無人都市。

仙鶯《せんおう》都市の守護神。

ジルドレイド・アントーク。

そんな人物だ。

勁の色が黄金に変化しようと、それはおかしなことではないのかもしれない。

廃貴族が憑《とりつ》いていようと、異常なことではないはずだ。

大祖父の足もとで有機プレートが振動《しんどう》し、壊《こわ》れていく。勁の圧力のみで物質が崩壊《ほうかい》している。

「さあ、見せてやろう。覚悟《かくご》と犠牲《ぎせい》と意思に満ちた力というものを」

「くっ」

ジルドレイドが鉄鞭を持ち上げる。空気の唸《うな》りを聞いてニーナは跳躍《ちょうやく》した。そのときにはすでに大祖父の姿はニーナのいた場所に移動している。鉄鞭を振り下ろしている。地面に叩《たた》きつけられた鉄鞭が波紋《はもん》を広げ、一拍遅《いっぱくおく》れて崩壊を呼んだ。

崩壊する有機プレートにいたはずのジルドレイドの姿が消える。いまだ空中にいたニーナは、勘《かん》を頼《たよ》りに体の向きを変え、鉄鞭を構える。

そこに、ジルドレイドがいる。鉄鞭が噛み合う。生まれた衝撃波《しょうげきは》がニーナの全身を伝い、体が痺《しび》れる。落下する。

片方の鉄鞭を絡《から》ませたジルドレイドはニーナとともに落下してくる。落ちながら、二人は打ち合う。ぶつかり合う鉄鞭の衝撃波が落下軌道《きどう》を変則的にする。

絡み合った鉄鞭はジルドレイドの勁によって固定されている。ニーナの知らない勁技だ。

そして勁力で負けているため力任せに剝《は》がすこともできない。背中に迫《せま》る地面の予感に焦《じ》らされながら、打ち合うしかない。

「くぅっ」

打ち合いに技巧《ぎこう》はない。ただ、鉄鞭を力任せに振るだけだ。振り、ぶつかり、弾《はじ》き合う。単純な力の差で、弾き飛ばされた鉄鞭を引き戻す速度に差が生まれてくる。差が生まれればさらに力を全力でぶつけるタイミングを失い、さらなる力負けを生む。

落下までの間に一体なんど打ち合っただろうか。すでに敗北していた。それでも打ち合い続けることができたのは、大祖父に情けをかけられていたとしか思えない。

「くぅぅっ!!」

苦鳴しか吐けない自分に歯がゆさを感じながら、ニーナの背中が地面に触《ふ》れる。有機プレートが弾ける。鉄鞭の絡み合いが解け、ジルドレイドが跳躍して離《はな》れていく。その姿が霞《かす》む。背中の衝撃《しょうげき》が意識を一瞬《いっしゅん》奪《ば》った。金剛剄《こんごうけい》が間に合っていなければ気絶していたに違《ちが》いない。

打ち合いによって生じていた力は、ニーナの体が跳《は》ねることすら許さず、爆砕《ばくさい》していく有機プレートの中に押し込まれていく。

「その程度で世界を相手にしようというか、笑わせるな」

金剛剄を貫《つらぬ》いた痛みに大祖父の言葉は響《ひび》く。

どうして自分はこんなことになっている？　痛む体が意思を揺《ゆ》れさせる。弱気を呼び、疑問を引き連れてくる。

故郷であるシュナイバルの電子精霊に世界の敵と呼ばれ、敬愛する大祖父がやってきた。戦い、傷つき……どうして自分はこんなことになっている？

「倒《たお》さなければいけない敵は、同じはずなのに……」

「…………」

「なぜですか、大祖父さま！」

有機プレートのクレーターの底でニーナは叫ぶ。

「ぬるいことを言う」

見下ろすジルドレイドはニーナの叫びをはねのけた。

「力を束ねねば勝てぬのならば、そこに必要なのは芯《しん》となる意思だ。主義主張が違おうとも、意思を一つとすれば目的を達成することは叶《かな》う。だが、ツェルニはその意思を示さぬ。シュナイバルの束ねる打倒《だとう》の縄《なわ》に入ろうとせぬ、ならばそれは縄に傷を刻む不純物だ。縄《なわ》目《め》を穢《けが》すだけの存在だ。シュナイバルが刻み、電子精霊たちが望み、そして儂《わし》が身をなげうった運命打倒の刃《やいば》に曇《くも》りを呼ぶ存在だ。故に潰す。この道理のどこがおかしい！」

「うっ！」

「一欠片《ひとかけら》の事実を知った程度で世界の中心気取りか。己の守りたいもののみがこの世に善《よ》きものか。姿が幼ければ邪悪《じゃあく》ではないか。力で押し通れぬからといまさら泣き言か」

ニーナの頭上でジルドレイドが言葉の刃を降らせる。そして、それに合わせて剄の圧力がさらに上昇《じょうしょう》していた。

怒《おこ》っているのだ。大祖父は怒っている。ニーナの腑《ふ》抜けた言葉に怒《いか》りを覚えている。それに剄が呼応しているのだ。

「貴様、自分の吐《は》いた言葉の意味をわかっているのか!?」

鉄鞭が振り上げられる。

来る。ニーナは身構えた。金剛剄を張る。

「その腑抜けた考え、修正してくれるわ！」

振り下ろされる。来たるべき衝撃に目を閉じる。鉄鞭を交差させる。はたして耐えきれるのか、ニーナに自信はなかった。今度は有機プレートを完全に貫き、地下施設《しせつ》にまで叩き落とされるかもしれない。そうなったとき、この都市は無事でいられるのか。しかしそれは余計な心配でしかないかもしれない。そのときには、ニーナは生きていないかもしれない。

しかし、ニーナに怒りの鉄槌《てっつい》は降り注がなかった。

「………？」

おそるおそる……ニーナは目を開けた。これが不意打ちであったなら？　そんないじわるをされた可能性をわずかながらに考えた。大祖父がそんな悪戯《いたずら》をするかどうかと考えて、そこまで長い時間接していないのでわからなかった。

見上げる。

ジルドレイドはニーナを見ていなかった。

都市の外に目を向け、低く喉《のど》を唸らせていた。

「……来たか」

そう呟いたのが聞こえた。

†

メイシェンとヴァティの朝は早い。学校が始まる前に今日のケーキを焼き終えなければならない。

特製の大きなボールでスポンジケーキの生地を作っていたヴァティは、回転する泡立《あわだ》て器《き》から目を離した。しかし作業が疎《おろそ》かになっているわけではない。目を離したまま泡立て器のスイッチから指を離し、メイシェンの信頼《しんらい》を勝ち得た出来になったそれを型へと移し、焼く準備に入っていく。

しかし、目は離したままだ。

「すごい、器用ね」

「すいません」

見ないままに作業する様《さま》にメイシェンが目を丸くしている。

「ん〜ん、失敗してないからいいんだけど……なにか気になってるの？」

「いえ……」

それは嘘《うそ》だ。

だが説明できることではない。学園都市の外、三七二キルメル先でヴァティの正体を知る者たちが、そしてヴァティに対抗《たいこう》するために研《と》ぎ澄《す》まされた力を振《ふ》るっている。

ニーナが秘密を守ろうと、学園都市へと近づかせまいと戦っている。

守護対象が巨大《きょだい》であれば、それだけ容認される被害規模も大きくなる。学園都市内の人間には知られていなくとも、すでに電子精霊《せいれい》の持つネットワークにはヴァティの正体が知《し》れ渡《わた》っているのだろう。

世界を守るために、この学園都市は犠牲として容認される範囲内の被害となってしまっているのかもしれない。

「……そういうわけにはいきません」

「え？」

「すみません。独《ひと》り言《ごと》です」

「そう？　なにか気になることがあったら言ってね。力になれたらいいけど」

「ありがとうございます」

メイシェンに礼を言い、ヴァティは作業に集中する形を取った。すでに作業として最適化して済んでいるケーキ作りだ。目を離していようと失敗をすることはないが、メイシェンに余計な気遣《きづか》いをさせてはならない。

オーブンを開き、型に入ったケーキを入れながら、ヴァティは必要な指示を飛ばす。

それは三七二キルメル先で、結実することとなる。

†

ジルドレイドはそれを見た。驚《おどろ》きはわずか。比較的《ひかくてき》安全な地にある仙鶯都市にいたジルドレイドにとって、それは初めて見る形であり脅威《きょうい》であったが、それでも、ジルドレイドの驚きはわずかだった。

「なるほど、これが噂《うわさ》に聞く老生体というものか？」

ニーナへの怒りを霧散《むさん》させ、むしろ興味深げにそれを見る。

それは、都市の脚《あし》に手をかけていた。それは、ジルドレイドほどもある巨大な目を持っていた。

それは、よく磨《みが》いた石のように艶《つや》やかな外皮が陽光を跳ね返していた。

それは巨人《きょじん》であり、それは重装の鎧《よろい》を着込んでいるかのようだった。

都市の脚に、外縁部《がいえん》に手をかけ、それはあまりに巨大で、そしてあまりに重い体を引き上げるようにして立ち上がる。地が揺れる、都市が揺れる。急激な重量バランスの変化に都市の各部が悲鳴を上げていた。

「……お前、儂のアーマドゥーンになにしてくれる？」

空《くう》を引《ひ》き裂《さ》くような金属の悲鳴に、ジルドレイドが呟《つぶや》いた。

轟音《ごうおん》を引き裂いて移動したジルドレイドの姿は、巨人の眼前にあった。

動く。

「その汚《きたな》い手を離せ、下郎」

鉄鞭で甲殻《こうかく》に覆《おお》われた鼻先を横殴《なぐ》りする。肉とも鉄ともつかぬ重い音が波紋《はもん》を広げ、巨人が仰《の》け反《ぞ》り、倒れる。

外縁部の端《はし》に降り立ったジルドレイドは、都市の足もとに倒れた巨人を見下ろした。

「アーマドゥーンが気付かぬうちに接近するか。ならばお前はアレの手のものだな」

倒れた巨人は荒野《こうや》を揺らしながら起き上がろうとしている。

「ふん」

面白くない顔で鼻を鳴らす。

考えるように口元を手で覆う。

指の隙間《すきま》から覗《のぞ》いた唇《くちびる》が、微《かす》かに笑みを作っていた。

凶暴《きょうぼう》な笑みだ。

「いいだろう。ならば見せてやろう。貴様らを狩《か》り尽《つ》くすために磨き上げてきた力を、練り上げてきた意思というものを」

鉄鞭を構え直す。

「ジシャーレ」

呟く。

「テントリウム」

呟く。

「ファライソダム」

呟く。

三つの名を呟く。呼ぶ。名を呼ばれたものは誰か、なにか。

答えはすぐに。

ジルドレイドの周囲で光が跳《は》ねる。それはすぐに老人の放つ黄金の剄光《けいこう》に吸い込まれ、一つとなる。増幅《ぞうふく》する。

「アーマドゥーン、戦場強化」

剄光が揺らぎ、老人の足下に向かって波を作ると地面へと吸い込まれていく。背後で音が響く。それは有機プレートが修復を開始した音だ。背後でニーナが慌《あわ》てた様子でクレーターから脱出《だっしゅつ》する気配がする。有機プレートの急速な動きに不安を覚えたか、気絶したままの仲間を拾い上げに行こうとしている。

「そのままでいればいいものを」

背中で気配を感じ、呟く。この都市の電子精霊アーマドゥーンの戦場強化で有機プレートの強度は上がる。シェルターの存在しないこの都市では、その中こそがもっとも安全な場所だ。

「……見ておればよい」

そうとも、呟く。

見て、実力の差というものを知ればいい。それで心折れるようではアントーク家の人間とはいえないが、しかし考えを改めるかもしれない。

運命と戦う場所として、もはや学園都市は相応《ふさわ》しくない。

「儂《わし》の戦場に来てもらおうか」

跳《と》ぶ。いや、落下する。

恐《おそ》れもなくエアフィルターを突《つ》き抜《ぬ》け、外縁部から巨人の足もとに移動する。鉄鞭は復元していない。全て、腰《こし》の剣帯《けんたい》に収められたままだ。

汚染《おせん》物質がジルドレイドを焼く。憎悪《ぞうお》の炎《ほのお》に晒《さら》されてもなお、老人の顔に変化はない。

起き上がった巨人が拳《こぶし》を振り上げ、振り下ろした。

巨人の拳はジルドレイドの体を虫のように叩き潰《つぶ》すのに十分な大きさと重量、そして速度を備えている。

だが、ジルドレイドは潰れない。

迫《せま》る巨大質量を、ジルドレイドはその場で迎《むか》え撃《う》つ。腰を低くし、腕《うで》を引き、そして対抗するかのごとく拳を振り上げる。

衝突《しょうとつ》した。

大気が爆発《ばくはつ》する。大質量が雄叫《おたけ》びを上げる。衝突の結果は、本来ならば老人に見るも無《む》惨《ざん》な事実を押しつけるはずだった。

しかし、ジルドレイドは仙鶯都市の守護神。無人都市アーマドゥーンを従え、さらに三体の電子精霊を呼び寄せている。

その全身を包む黄金の剄光が、不条理な質量差を覆《くつがえ》す。

「ふん」

打ちはなった拳の先に自身を覆い隠《かく》す巨拳を見、ジルドレイドは確信する。拳は止まっていた。いまもなお力が込められているが、押し返されることはない。

ジルドレイドは拳を開く。巨拳の握《にぎ》りしめられた指を掴《つか》む。

「追い出して悪かったな。そんなに上がりたいなら、儂の戦場に招待してやる」

握りしめる。力を込める。……そして、振り回す。信じられない光景が展開する。巨人にとって指先ほどのサイズしかない老人に振り回されるという異常な光景だ。

だが、それは現実に起こっている。老人が巨人を振り回し、そこで起こる風が地を震《ふる》わせるような唸《うな》りを上げ、そして放り投げられた。

大質量が空気を押しのける重い音を響《ひび》かせながら、上昇《じょうしょう》していき、そして落下する。ジルドレイドはそれを追い、放物線を描《えが》いている巨人の腹に着地。

「ここらで落ちろ」

巨人の腹部に蹴《け》りを落とす。

落下の方向が変化し、巨人は都市の中央で土煙《つちけむり》を上げた。

「さあ、どれだけ頑丈《がんじょう》なのか、存分にためさせてもらおう」

ジルドレイドは再び錬金鋼《ダイト》を復元、二振りの鉄鞭を構える。

「なにしろこの歳《とし》まで老生体とやりあったことはなかったからな。お前は名ばかりだろうが、こちらは本物のジジイだ。老体を優しくエスコートしてくれよ」

不敵な笑みを浮《う》かべて鉄鞭を振り上げるジルドレイドを巨人が掴もうとする。その動きに投げられたことによる後遺症《こういしょう》は見受けられない。

しかし、巨体《きょたい》故の鈍重《どんじゅう》さは否《いな》めない。

鉄鞭を振り下ろす方が早い。

黄金の波紋が広がる。巨人の手が止まり、全身が震えた。打点を中心とした振動《しんどう》が巨人を覆い、都市に伝播《でんぱ》し、大気が揺《ゆ》れる。

巨人を構成するのはヴァティと同じナノマシンと呼ばれる極微《ごくび》の物質だ。衝撃《しょうげき》と振動がそれらを破砕《はさい》し、打点周辺、そして巨人の各所が砂と変わり、吹《ふ》き出す。白い煙《けむり》となって巨人を覆った。

次なる一撃《いちげき》が白煙《はくえん》を払《はら》い、そして新たな煙がジルドレイドを覆う。二振りの鉄鞭が生み出す振動と衝撃に巨人は動《うご》きを封《ふう》じられ、為《な》す術がない。

ジルドレイドの打撃《だげき》は続けられる。息切れはなく、威力《いりょく》が減殺《げんさい》する様子はない。都市は震え続けるがジルドレイドの破壊力《はかいりょく》に影響《えいきょう》を受けている様子はない。電子精霊アーマドゥーンの戦場強化が功を奏しているのだろう。

だが、そんなことはニーナにはわからない。

「……なんだ、これは」

その光景を、ニーナは震える有機プレートの上で、いまだ気を失っているレイフォンを肩《かた》で担ぎ眺《なが》めている。

信じられない光景だ。

いや、その実力だけを見ればグレンダンの天剣授受者たちにも可能かもしれない。もっとすごいことができるかもしれない。なによりニーナは、彼らの剄力を肌《はだ》で感じ、絶技の凄《すさ》まじさをその目で見ている。

ジルドレイドにそれができるから驚いているわけではない。いや、驚きはしたが、ニーナに見えているものの方が驚きだ。

電子精霊《せいれい》だ。

ジルドレイドが三つの名を呼んだのは、遠くからでも聞こえた。戦場の中でジルドレイドの動きを逃《のが》すまいとする感覚が、大祖父の囁《ささや》きを聞き逃さなかった。それだけを聞けば意味不明だったかもしれない。しかし、その後に現われたそれを見れば、はっきりとする。ジルドレイドの全身から放たれる黄金の剄光に紛《まぎ》れ、陽炎《かげろう》のように姿を見せるそれは電子精霊だ。

「メルニスク、あれはやはり……」

（廃貴族《はいきぞく》ではない）

「なんだって？」

内部からの廃貴族の返答に、ニーナは声を上げる。

（都市を失った憎悪より生まれたものではない。あれは望んでそうなったものだ）

「……望んで？」

（廃貴族とは都市となることを望み、そして全てを失った怒《いか》りと憎悪によって変化する。しかしあれらは都市となることを望まず、最初から世界の刃《やいば》となることを望み、武芸者に力を貸している）

「そんな……」

（お前の中にもそれはいるだろう）

「…………え？　あっ」

メルニスクに言われニーナは思い出した。いや、忘れていたわけではない。ただ、あれがそういう存在になっているとは思わなかった。

シュナイバルにいた頃《ころ》、電子精霊誘拐《せいれいゆうかい》の事件を目撃《もくげき》した。持ち前の正義感で犯人を追い、結果、ニーナは重傷を負った。

助けが間に合わない状況《じょうきょう》でニーナを救ってくれたのが、誘拐された電子精霊だった。まだ名前もない、幼い電子精霊だった。

哀《かな》しい出来事だったと思っている。あのときから、ニーナは武芸者の意味を考えるようになり、生まれ故郷の都市を出てみる決意をした。

そして、ツェルニと出会った。

（お前の剄脈の何割かは電子精霊による電磁結束によって再構成されている。そこに電子精霊はいる）

「…………どういうことだ？」

（お前の肉体を電子精霊は住処《すみか》としているということだ。電子精霊の成長とともに、お前の剄脈と剄路も成長している。通常の武芸者は剄脈の能力向上はそうしないはずだ）

たしかにそう聞いたことはある。剄脈の成長は武芸者には病気のような症状《しょうじょう》を起こすらしい。

「では、わたしはお前たちのおかげで強くなっているのか？」

それは、少しショックだ。メルニスクの件については、自分自身で決めたことだ。だが、もう一人の電子精霊に対しては、哀しいことだし、その犠牲《ぎせい》を無駄《むだ》にしたくないとは思っているが、そこまで深く自分の体に関係していたとは思わなかった。

強くなろうと今も昔ももがいてきた。その結果が、自分の努力ではなく体内にいる電子精霊の成長のおかげでしかなかったのであれば、自分がいままでしてきたことはなんだったのだろうか。

(そういう言い方もできる。だが、我を従えたのはお前の心の強さ故、名もなき同胞《どうほう》もお前にだからこそその身を捧《ささ》げたのだろう？　ならばいまお前にある強さはお前のものだ。問題なのは強さの質ではない。自分の持っているものをどう使うかだ)

「……もしかして、わたしはいま、慰《なぐさ》められたか？」

(軽口を叩く余裕《よゆう》ができたか？)

「ああ、すまない」

メルニスクの言葉で気持ちが落ち着いた。問題なのはジルドレイドに宿っているものが廃貴族かどうかではない。

シュナイバルで生まれた電子精霊たちだということであり、そして電子精霊にはそういう『使い方』があるということだ。

ニーナは知らなかった。それは、ニーナがそれを知るほどの年齢《ねんれい》ではなかったからか、あるいは実力がなかったからか。

あるいはそれを知っているのはほんの一握《ひとにぎ》り。たとえ父でさえも知らない。ジルドレイドのようになっている者しか知らないのか。

そして、大祖父がヴァティのことを知っているということは、シュナイバルとジルドレイドはそういう連絡《れんらく》を取り合う関係でもあるということだ。

「ならば……シュナイバルがあの電子精霊たちにそうさせたのか」

電子精霊自身が、自らをただの力として武芸者にその身を投げ出しているのか？

自分たちの目的を果たすために。

そこまでの覚悟《かくご》が電子精霊たち、あるいはシュナイバルにはあるということだ。

まさしく、全世界の電子精霊たちが、この戦いに自らの身を投げ出しているということなのか。

ツェルニが一人、その流れに逆らっているということなのか。

学園都市の都市民を守るために？

「…………」

ツェルニが間違《まちが》っているとは思えない。しかし、シュナイバルが間違っているとも思えない。自分の都市を守るため、世界を守るため、問題なのは規模の違《ちが》いだ。世界が滅《ほろ》びればそのときには学園都市も滅びる。ならば世界のために学園都市は滅びてもいい……そんなことがニーナに言えるわけがない。ツェルニを見捨てるなんて、ニーナにはできない。

敵はただ一人、ヴァティ・レン。いや、レヴァンティンという名の世界の災厄《さいやく》だ。

ただ一人なのだ。しかしその敵はあまりに強大で、なす術がない。

いま目の前で起こっている状況も、ジルドレイドが優勢に見えているが、おそらくそうではない。

あの老生体の巨人《きょじん》が、そもそもどうやって、いきなりともいえるタイミングでここに現われたのか？

大祖父をここまで運んだこの都市は気付かなかったのか？　フェリの念威《ねんい》はこんな巨大《きょだい》なものを見つけられなかったのか？

そんなはずがない。電子精霊の能力を、そしてフェリの能力を信じているからそう断言できる。

なら、あの巨人をこの場所に差し向けたのはヴァティだ。そしてヴァティはここで起きていることも承知しているということだ。

彼女の目と耳はどこにでも存在しているということだ。

話せば、ヴァティが行動を起こすかもしれない。学園都市を滅ぼすかもしれない。

レイフォンには、なにも話せない。

「……とにかく、レイフォンを安全な場所に」

いまだ気がつく様子のないレイフォンも心配だが、あの巨人だけで終わるような気がしない。ヴァティの目があるのなら、そして大祖父の実力をこれで見定めたのなら、さらなる敵が現われてもおかしくない。

ニーナは周囲を見渡《みわた》した。だが、有機プレートに覆《おお》われたこの地はどこまでも平面で、物陰《ものかげ》というものがない。いや、戦いが激しくなれば、物陰なんていう程度の場所が安全であるはずがない。

どうすれば……そう思っていると、足下が揺れた。

ジルドレイドの戦いによる振動とは別のものだ。

「なんだ？」

様子を窺《うかが》っているとすぐ近くの地面で変化が起きている。有機プレートを構成している無数の蔓状《つるじょう》植物が動き、そこに穴を生み出した。

覗《のぞ》き込めば、それは広く深い。

「ここで、レイフォンを守ってくれるのか？」

ここにはいない電子精霊に尋《たず》ねる。

だが、ニーナにはこの都市の電子精霊が『お前も入れ』と言っているように思えてしかたなかった。

「レイフォンを頼《たの》めるか？」

たとえそれが気のせいだったとしても、ニーナは首を振《ふ》り、頼む。音としての返答はない。しかしそこにため息のような雰囲気《ふんいき》を先ほどよりも濃密《のうみつ》に感じた。

まるで、ツェルニと意思を疎通《そつう》させているときのような気分にさせられる。

いや、まさしくそうなのかもしれない。姿こそ見えないが、ニーナはいまこの都市の電子精霊と会話をしているのだ。

そして、その電子精霊と意思の疎通ができるのが、シュナイバルでのあの事件、つまり、ニーナの体内にいるという電子精霊と関係しているのか？

一瞬《いっしゅん》、そのことを悪く思いそうになり、反省する。あの電子精霊のおかげで命が助かった。ツェルニと出会えた。レイフォンや、第十七小隊の皆《みんな》、そしていろんな人に出会えた。

悪く考えようとすればなんでも悪くなる。それではだめだとメルニスクに言われたばかりではないか。

「頼む」

もう一度、ニーナはそこにできた穴を見つめながら言った。

「わたしは、ここで隠《かく》れるわけにはいかない。だが、レイフォンはただ巻き込まれただけだ。いま、こいつに知られるわけにはいかないんだ。だから、頼む」

ほんの少し、沈黙《ちんもく》があった。

手応えのなさに不安を覚え、穴にレイフォンを置き、そのまま立ち去ることを考えたとき、ようやく動きが見えた。

穴を開《あ》けるために動いた蔓《つる》の一部が、ニーナに向かってきたのだ。

ゆっくりとした動きは『それをよこせ』というぶっきらぼうさを感じさせた。

「あ、ありがとう」

慣れない光景に戸惑《とまど》うが嬉《うれ》しくもあった。電子精霊に自分の気持ちが通じたのだ。レイフォンをおそるおそる渡《わた》す。蔓は意外にしっかりとレイフォンを受け止め、そして穴の奥へと運んでいく。

運びながら他の蔓たちが動き、穴を塞《ふさ》いでいく。

「すまん」

蔓によって遮《さえぎ》られていくレイフォンに詫《わ》びると、ニーナは戦場に向かって走り出した。

05 運命の迷子

園の夢を見た。

広いテーブルを中心に、みんなでごはんの準備をしている。レイフォンたちが皿を並べ、背後にあるキッチンではルシャの声が聞こえてくる。小さなトビーたちがたくさんの皿を運んできたので、レイフォンが受け取る。キッチンからはとてもいい匂《にお》いがして、手伝わずに遊んでいた他の子供たちが匂いに引かれてテーブルに集まってくる。垣間見《かいまみ》えたキッチンでは、ルシャに言われるままに料理を盛りつけるリーリンの姿がある。

ロミナがお養父《とう》さんを呼んできてと誰《だれ》にともなく呼びかけ、それに従って数人の子供たちが歓声《かんせい》を上げながら走っていく。ルシャが料理に埃《ほこり》が入ると怒鳴《どな》る。

子供たちに手を引かれてやってきた養父は笑顔を浮《う》かべていた。

夢だとすぐに気付いた。

それはもう失われてしまったものだからだ。トビーたちと和解できたとしても、もうレイフォンはグレンダンには戻《もど》れない。卒業して戻ったとしてもあの空気はもう存在しない。トビーたちだって園を出ているかもしれない。なにより、独り立ちしたレイフォンが園で暮らすということはない。

それならば武芸者として？　それも叶《かな》うかどうかわからない。王宮にはリーリンがいる。三王家の一員として女王の隣《となり》に立っている彼女は、レイフォンを拒絶《きょぜつ》した。それなら、武芸者としてすら無理かもしれない。

いまだ武芸者以外になれるものが見つからないレイフォンには、グレンダンでの居場所がわからない。

そんなことを、夢の中で皿を並べながら考えていた。

やってきた養父がテーブルに着き、他のみんなも座る。リーリンがレイフォンの隣に座り、にこりと笑う。

まだ幼いリーリンの笑顔にとてつもない胸の痛みとほのかな安堵《あんど》を感じていると、周囲がいきなり暗くなった。

全《すべ》てが静かになった。

「…………え？」

夢の中で、レイフォンは初めて声を出した。それが自分でも驚《おどろ》くほど耳に響《ひび》く。

そこで目が覚めた。

なにもかも暗闇《くらやみ》に消え去ってレイフォンはここに一人でいる。

「…………ここは？」

まだ頭がぼんやりとしている。胸には夢の断片が残り、どうしようもない寂寥感《せきりょうかん》が痛みとなって刻み込まれている。

この暗闇は夢か現実か……

「……隊長は⁉」

頭にかかった霧《きり》はすぐに晴れた。何者かの襲撃《しゅうげき》を受けレイフォンは気絶したのだ。

「くそっ、どれくらい気を失ってた？」

こんな失態は小さなとき以来ではないか、肩《かた》に感じた痛みを内力系活剄《かっけい》で回復させながら、周囲の様子を窺う。足下の感覚はこの都市で感じた剝《む》き出《だ》しの有機プレートのものだ。ではここはまだ、あの都市なのか。

しかし、どこまでも真っ平らだったはずの都市のどこにこんな場所が……

「地下？」

その結論を否定する要素が見つからなかった。建物がない以上、そして光が当たらない以上、ここは地下ということになる。

剣帯《けんたい》に触《ふ》れると複合錬金鋼《アダマンダイト》しかない。手探りで辺《あた》りを調べてみると復元状態のままの青石と簡易型複合錬金鋼《シム・アダマンダイト》があり、レイフォンはそのことにまずは息を吐《つ》いた。

「でも、隊長は？」

周囲の気配を探っても、自分以外の誰かがいる様子はない。焦《あせ》る気持ちを抑《おさ》えながらレイフォンは青石錬金鋼《サファイアダイト》の鋼糸《こうし》を周囲に放つ。

鋼糸の触感《しょっかん》がレイフォンに周囲の様子を教えてくれる。やや広めの球状の空間だ。

「捕《つか》まった？」

いまの状況《じょうきょう》は牢獄《ろうごく》に入れられたものに似ている。

「隊長も？」

あの不意の打ち方、自分たちの知らないこの都市の特性を利用したものだったとしてもただ者ではない。なら、ニーナも同じようなことになっているのか？

「くそっ」

気絶した自分の不甲斐《ふがい》なさに歯がみをしてしまう。こんなところでこんな失態をして、それでどうやってニーナが隠しているかもしれないことに関《かか》わろうというのか。

無人の都市。

こんな都市、話に聞いたこともない。怖《こわ》い話に出てくる幽霊《ゆうれい》都市なんかではない。あれは汚染獣《おせんじゅう》に襲《おそ》われて滅《ほろ》びながらも世界を放浪《ほうろう》する都市の話だ。考えればそれは廃《はい》貴族のことだったのかもしれない。

しかしこれは違《ちが》う。

最初から無人だったとしか思えない。なにかの目的をもって無人のまま放浪しているとしか思えない。そしてこの都市の住人は、あの謎《なぞ》の襲撃者しかいないのではないか？

そんなものがどうして学園都市に近づいている？　ニーナはどうしている？

なにかが起こっていることは確実だ。そしてそれが、グレンダンのあの戦いに関わっていることも。

あとは、それを自分の目で確かめ、そしてその正体を見極めるだけだ。

こんなときにフェリがいれば……そう思ってしまう。念威繰者《ねんいそうしゃ》である彼女を守るためのいい場所があるとは思えないが、しかし念威能力だけのことではない。彼女ならレイフォンには見えないものが見えるかもしれない。見逃《みのが》してばかりのレイフォンだけでは見えないものが、とても大切なものが見えていたかもしれない。

だが、いまここにフェリはいない。そして状況がわからない以上、フェリたちが引き返してくることが決してよいこととは思えない。そんな判断はできない。

なにより、判断したからといってフェリがいないという状況が変わるわけではない。

ここにはレイフォンとニーナしかいない。

「僕がやるしかないんだ」

鋼糸にいままで以上に集中する。周囲は有機プレートに覆《おお》われている。だが、レイフォンの呼吸が苦しくなるということがない以上、どこかに換気口《かんきこう》的な役割を果たすものがあるに違いない。

鋼糸と五感を研ぎ澄まし、風の流れを探る。

鋼糸での手探りはそれが緻密《ちみつ》になればなるほど集中力がいる。脳が破裂《はれつ》しそうな気分になりながら、ようやくそれを見つけた。

それは本当に小さな穴だ。それが無数に、そして各所にあることでこの空間に空気を流し込んでいる。有機プレートが蔓状《つるじょう》植物である以上、これ自体が呼吸している。そのときに発生するわずかな圧力をまとめ、利用して、大気を循環《じゅんかん》させているのだろう。

「よし」

人が入ることはできないが、鋼糸を進ませることはできる。都市の外にまで出して、外の状況と自分の位置を把握《はあく》しなくては……

神経を焼くような作業は続き、ようやく鋼糸が強い風の流れを感じ取る。

外に出た。場所は……？

「都市の外縁部《がいえん》？　地下側か？　それなら……」

鋼糸を上へとやる。

その最中、鋼糸が激しい衝撃波《しょうげきは》を感じ取った。

「なんだ？　戦ってる？　なにと？」

感じた衝撃波は普通《ふつう》の武芸者に生み出せるものではない。鋼糸を急がせる。触感に神経を注ぐ。

大質量が起こす激しい地面の揺《ゆ》れがある。

「武芸者同士の戦いじゃない？」

ニーナとあの襲撃者が戦っているのだとしても、この振動《しんどう》の激しさには納得のいかないものがある。剄《けい》の感触《かんしょく》と振動のタイミングが明らかにずれている。

巨大《きょだい》なものが暴れ回っているような感触だ。

「もしかして、汚染獣がこの上にいる」

それなのに、ここにいてもなんの振動も感じない。有機プレートが全ての衝撃を受け止めている証拠《しょうこ》だ。

「どういうことだ？」

状況に頭が追いつかない。戦闘《せんとう》が始まったのはいつだ？　あの襲撃者の実力なら何期だろうと普通の雄性体《ゆうせいたい》なら倒《たお》すのにそれほど手間取るということはないはずだ。

だが、激しい剄の波動を感じた後に、大質量の動き回る振動が鋼糸に伝わる。

なら、上にいるのは老生体だ。

どうしてこんなところに老生体がいる？　汚染獣がいるという情報そのものは偽物《にせもの》ではなかったということなのか？　都市に着いてから、まだ日をまたいではないはずだと仮定して、そんな近くにいてフェリの念威が老生体を見つけ出せなかったのか？

しかし、そこにある反応は老生体としか思えない。

「……落ち着け」

鋼糸に神経を注ぎすぎているためか、状況の変化に過敏《かびん》になっている。レイフォンは深呼吸をして落ち着かせる。

「いまはいい。隊長を捜《さが》さないと」

やることは他にもある。ニーナを助け出さなくては話にもならない。

戦っているのはニーナか？

「違う」

都市地上部を荒《あ》れ狂《くる》う剄の感触はニーナのものではない。

では、ニーナはどこに？

レイフォンの鋼糸はニーナを求めて都市を疾走《しっそう》する。

状況もわからぬままニーナを捜すレイフォンに対し、ニーナ自身は大祖父と巨人《きょじん》の戦いにばかり目を向けている暇《ひま》がなくなっていた。

†

「なんてことだ」

呆然《ぼうぜん》と、そう呟《つぶや》くしかない。

レイフォンをこの都市の電子精霊《せいれい》に託《たく》し、ニーナは大祖父の戦場に向けて走っていた。しかしすぐに異変に気付く。戦場とは別の場所でなにかの音が聞こえた。

「なんだ……？」

新たな異音にニーナは嫌《いや》な予感がした。この場所でニーナに有利になるなにかが起こるはずもないという悲観的な考えもあったかもしれない。

どちらにしろ、その予感は的中する。

音のした、そしていまも続いている方向は外縁部だ。そちらを見てニーナは愕然《がくぜん》とする。

巨大な手が外縁部を摑《つか》んでいた。

それは一つ、あるいは一組ではない。

三体の巨人が外縁部をよじ登ろうとしている。

巨人三体の登攀《とうはん》に都市の脚《あし》が金切り声を上げる。だが、傾《かたむ》くことはない。金切り声は都市の脚が巨人にぶつかったために起こったのであり、すでに巨人の襲撃に備えていた都市が加重で揺らぐことはなかった。

なにより、本来なら人類の住む無数の建造物を乗せて歩くのが自律型移動都市だ。この程度の加重ではビクともしないのかもしれない。

それでも、ニーナにとって脅威《きょうい》の対象が増えたことには変わりない。

「もしや……」

ヴァティがさらに巨人を差し向けてきた。彼女の正体を知るジルドレイドをツェルニに近づかせたくないと考えているに違いない。

ジルドレイドを殺す気なのは確かだ。ヴァティにとって、大祖父は明確な敵対者であり、敵意を行動で示している。

「わたしもともに殺す気か？」

彼女にニーナを生かしておく理由はない。なら、秘密を知るニーナをこの機に殺したとしてもおかしくはない。都市内で死ねば不審《ふしん》に思われるかもしれないが、都市外での戦闘で死んだとなれば誰《だれ》も不審を抱《いだ》くことはないはずだ。

自分だけが助かるなどと思っていたわけではないが、ヴァティの考えを推測して寒気を感じていることも否定できない。

なにより、いきなり増えたこの巨人に対して『これを倒せば終わり』という気分に、どうしてもなれないからだ。

敵戦力は無限。

なぜか、そう感じてしまう。

戦闘や、巨人の動く音……周囲にある騒々《そうぞう》しさとは別に深い部分で空気がざわついているような気がする。それは、見えない場所でヴァティがなんらかの行動を取っているからではないのか。

「くそっ、考えている場合か！」

新たな巨人の出現に、ニーナは弱気を見せた自分を叱咤《しった》する。

手に握《にぎ》っているものはなんだ？　ツェルニに託された希望だ。自分の内側にあるものはなんだ？　命を救ってくれた電子精霊と、こんな自分を信じてくれた廃《はい》貴族だ。

「迷っている暇などあるものか」

錬金鋼《ダイト》はその手にある。すでに復元し、その存在感を彼女の両腕《りょううで》に主張している。

「メルニスク、行くぞ！」

（おおっ！）

廃貴族の雄叫《おたけ》びを背に、ニーナは都市に登り切った巨人たちに向かって突《つ》っ込《こ》んでいく。

†

ニーナが意気を揚《あ》げて新たな巨人たちに向かう中、レイフォンの鋼糸もその異変を感じ取った。

「敵が増えた？」

だが、鋼糸から伝わる振動だけを頼《たよ》りに外の様子を探っているレイフォンは、正確にはわからない。

大質量の移動物体がさらに三つ増えた。それはわかった。

そして、その大質量に向かっている新たな剄の波動も感じた。

「隊長、なんて無茶な」

すでにレイフォンは、その移動物体が老生体だと判断している。老生体がさらに三体、この状況《じょうきょう》では絶望的だとしか思えない。

しかし、ニーナは絶望だと思っていないようだ。

あるいは自棄《やけ》になったのかもしれない。そんなことにはなっていないと信じたいが、状況が状況だ。

「なんとかしないと……」

状況の確認はもう十分だ。次は行動だ。

鋼糸で周囲を探った。どうやって自分を入れたのかわからないが、ここには入り口も出口もない。だが、鋼糸を外に出したことで自分のいる場所と地上との距離《きょり》もおおよそだがわかった。

「斬《き》れない厚さじゃないはず……」

広さは十分にある。鋼糸をそのままに簡易型複合錬金鋼《シム・アダマンダイト》から複合錬金鋼《アダマンダイト》に切《き》り替《か》える。

少しでも剄を乗せられる錬金鋼《ダイト》に変え、長大な刀を握りしめる。

剄を奔《はし》らせる。

複合錬金鋼の手応《てごた》えを確認しながら限界値を読み、剄技《けいぎ》へと変換《へんかん》。放ち、留める。

「ぐっ」

全身にかかった圧力に、レイフォンは歯を噛《か》みしめる。

クラリーベルと戦ったときに行った、剄の新しい使い方だ。「連弾《れんだん》」と名付けた。誰もそんな技術を残してはいない。剄が錬金鋼に耐《た》えられないという状態になる者があまりに少ないからだ。使えない技術は廃《すた》れていく。たとえ先人がレイフォンと同じものを編み出していたとしても残るはずがない。あるいは伝わるはずがない。都市外なら伝わる方法があまりになく、そしてグレンダンにそんな武芸者がいれば、間違《まちが》いなく天剣《てんけん》授受者となる。なってしまえば不要な技術だからだ。

しかし、いまのレイフォンには必要な技術だ。

放ち、留める。

繰《く》り返《かえ》す。

繰り返すことで全身にかかる圧力は倍加していく。キリクも言っていたように、すでに爆発《ばくはつ》したエネルギーを爆発させないままにしておくという行為《こうい》そのものが不条理なのだ。

しかしそれを繰り返す、行う。レイフォンとしてはいまだ慣れない技術だというだけで、やがては使いこなせると信じている。

なにより、いまそれをやることが必要だからやる。

放ち、留める。

繰り返されたことで刀身の周りで明度を上げる剄光《けいこう》が、色を失って白く激しく輝《かがや》いた。

「っ！」

滲《にじ》み出る汗《あせ》を振《ふ》り払《はら》い、レイフォンは複合錬金鋼《アダマンダイト》を下段に構えると自分の頭上の空間を薙《な》ぎ払う。

外力系衝剄《しょうけい》の連弾変化、重ね閃断《せんだん》。

切っ先に連弾剄をかけ、混ぜ合わせるかのごとく解き放つ。

それは白い光と化し、一筋の巨大《きょだい》な斬線となって周囲を照らし、駆《か》け抜《ぬ》ける。天井《てんじょう》の有機プレートを切《き》り裂《さ》き、その熱で溶《と》かし、燃やし、突き抜けて行く。レイフォンは高速で生み出される結果を目で追う。鋼糸からの手応えが確かなら、あれで十分に地上までの穴ができるはずだ。

行けっ！

心で叫《さけ》び、レイフォンは重ね閃断によって生まれた裂け目に向かって跳《と》ぶ。焼《や》け焦《こ》げた臭《にお》いを跳躍《ちょうやく》の勢いで吹《ふ》き飛《と》ばし、地上を目指す。

重ね閃断の白光がはるか先に見える。それは破壊《はかい》を続けているのだが、思ったよりも進行が遅《おそ》い。有機プレートがレイフォンを行かせまいと強度を上げて抵抗《ていこう》をしているのだ。

「くそっ」

追いつきそうになりながら、レイフォンは復元したままの複合錬金鋼を構え直す。連弾。だが、急を要する。あそこまで溜《た》め続けることはできない。

「それでも、乗せることはできる！」

外力系衝剄の連弾変化、追《お》い狩《が》り。

訓練を重ねているうちにわかったことだが、連弾をするための変化した剄技を留《とど》めておく剄膜《けいまく》には粘《ねば》りがある。放った技にさらに連弾を重ね、威力《いりょく》を追加することも剄技によっては可能だ。

後追いで放った閃断が先行した閃断に追いつき、重なる。威力が追加され、破壊の速度が上がる。

レイフォンはそれを追いかける。

速度が落ちれば追い狩りで閃断を重ね、上昇《じょうしょう》を続ける。

切り裂かれ、剄によって焼かれた有機プレートを足場にして連続跳躍するレイフォンだが、その有機プレートが凄《すさ》まじい速さでプレートとしての固体を解き、蔓状《つるじょう》植物としてその身をくねらせると、改めてお互《たが》いに結束し合ってプレートを再形成している。

再形成という形で後方から追い上げられている。

もしも重ね閃断が地上に辿《たど》り着《つ》く前に力尽《ちからつ》きたら、そこで再び、レイフォンは虜囚《りよしゅう》となってしまう。あるいは閃断の破壊速度が有機プレートの修復速度に追いつかれた場合も、レイフォンは足を取られて同じ運命となるだろう。

「そんなことに……」

なってたまるかと、レイフォンはさらに閃断を重ね、跳ぶ。足場にした部分の結束が緩《ゆる》み、危うく足を取られかける場面もあったが、レイフォンは閃断を追いかけ、そして重ねていった。

そして、突き抜ける。

閃断の光が陽光に吸い取られていく。抵抗を失って速度を上げた閃断は、一柱の光条となって都市の上空へと昇《のぼ》っていった。

それを追いかけ、レイフォンも外に飛び出す。

「状況は？」

鋼糸を回収しつつ、レイフォンは周囲を自分の目で確かめる。左側の外縁部《がいえん》に三体の巨《きょ》人《じん》、そしてその場に向かって走るニーナの姿が。

「隊長っ！」

レイフォンは叫び、ニーナを追いかけようとする。

「っ！」

しかし、すぐにその足を止めざるを得なかった。

感じたとともに複合錬金鋼《アダマンダイト》で背後を薙《な》ぐ。生み出された衝撃波《しょうげきは》が広がる中、レイフォンはいまだ鋼糸を回収しきれていない青石錬金鋼《サファイアダイト》を手放し、簡易型複合錬金鋼《シム・アダマンダイト》を復元、上空に向けて閃断を放つ。

生み出された白い斬光は、しかし即座《そくざ》に飛散した。

その間にレイフォンは背後に跳び、距離を稼《かせ》ぐ。

「よくかわしたな」

鉄を打ったような威圧感《いあつかん》のある声だ。

「二度も同じ手を食らうものか」

老人だ。あの、謎《なぞ》の襲撃者《しゅうげきしゃ》だ。レイフォンは慎重《しんちょう》に相手の挙動を見極める。老人の両手に握られた二つの鉄鞭《てつべん》は下げられているが、全身からの圧力が消えているわけではない。

「面白い剄の使い方をするな」

老人は興味深げにレイフォンを見た。

「そういうやり方なら錬金鋼《ダイト》が壊《こわ》れないのか？　違《ちが》うな、そいつがことさら丈夫《じょうぶ》だからなんとかなっただけか？」

老人はレイフォンがどうやってここまで来たのか、どういう剄を使ったのか、すでに気付いている様子だ。

しかし、レイフォンにはそんなことはどうだっていい。

どうしてこのタイミングでレイフォンに襲《おそ》いかかってくる？

「あの老生体は、お前の差し金か？」

いまは、あの老生体を倒《たお》すことが急務ではないのか？　鋼糸からの感触《かんしょく》では、この老人は最初の一体と戦っていたはずだ。その一体はどこにいった？　目の前の老人が倒してしまったのか？

しかしそれなら、どうしてあの三体の元に向かわない。

レイフォンの質問に、老人は鼻を鳴らした。

「あの程度、儂《わし》が行くまでの間も抑《おさ》えられんようなら、あいつにこれ以上の期待はせん」

「期待？」

どうしてこの老人が、ニーナに期待をする？

この老人は、ニーナがなにに関わっているか、知っているのか？

「どういうことだ？　どうしてお前が？」

「それ以上をお前に語る必要はあるまいよ」

「なんだと？」

「そういう技を必要としているところが、な！」

動いた。

突《つ》っ込《こ》んでくる老人をレイフォンは跳躍してかわす。鋼糸の探査で老人の持つ破壊力がどれほどのものかわかっている。迂闊《うかつ》な近接戦は危険だ。

なにより、打ち合いになればこちらの錬金鋼《ダイト》が保《も》たない。

「身《み》の丈《たけ》にあった武器を持てぬということは、貴様は運命から弾《はじ》かれているということだ、小僧《こぞう》！」

目の冴《さ》えるような突進《とっしん》からの急制動。老人は突進方向を変え、再びレイフォンに迫《せま》ってくる。

レイフォンは牽制《けんせい》の衝剄を利用して落下の軌道《きどう》を変更《へんこう》するが、老人はそんな衝剄をものともせず、突っ込んでくる。

「くっ」

さらに牽制の衝剄を放ち、なんとか着地の場所と時間を作り上げ、着地と同時に練り上げていた剄を解きはなった。

活剄衝剄混合変化、千斬閃《せんざんせん》。

瞬時《しゅんじ》にレイフォンの姿が無数となり、そして別々の場所へと駆けていく。サヴァリスより盗《ぬす》んだ千人衝《せんにんしょう》を、自分なりに変化させたものだ。

「ぬう」

見慣れぬ技に老人の対応が遅《おく》れた。だが、自分へと向かってこない無数のレイフォンに、老人はあらぬ方向に衝剄を放つ。

黄金の剄が燦然《さんぜん》と爆発する。爆発の去った後には、一人に戻《もど》ったレイフォンが立っていた。

ニーナの元へこのまま行こうとしたのを、読まれたのだ。

足を止めざるを得なくなり、レイフォンは改めて老人と向かい合う。この程度の戦闘時《せんとう》間で息が荒《あ》れそうになっていることに、レイフォンは苛立《いらだ》ち、そしてすぐに気を静めた。

力押しに押し込まれるという経験は、対人戦闘に限定すればレイフォンにはほぼないに等しい。持って生まれた剄力がそれを相手にさせない。また、それでも強行しようとする者にはそれを跳《は》ね返してきた。それができるだけの実力差があった。

だがいま、レイフォンと老人では、老人の方が上だ。老生体を短期間に殺し尽《つ》くすほどの破壊力を持ち、そしてそれに耐える錬金鋼《ダイト》を持っている。

いまはとにかく老人の攻撃《こうげき》をかわし続け、一撃《いちげき》で終わらせる好機を待つしかない。

しかし、そんなことをしていて、もしもニーナになにかあったら……

「儂を前に迷う暇《ひま》があるとは良い度胸だ」

その言葉にはっとしたが、老人がそこから動く様子はなかった。むしろ、好意的な笑みさえ浮《う》かべている。

「これまで様子を見てみたが、お前には本当に運命がないな」

「なにを……」

「なに、ジジイの戯《ざ》れ言《ごと》だ。聞け」

「…………」

時間稼《じかんかせ》ぎか？　レイフォンは老人の様子を窺《うかが》いつつ、ニーナのいる辺りが視界に収まる位置に移動する。

「向こうを気にする必要はない。あいつには必要な試練だ」

目線は老人に向けたままだ。しかしレイフォンの意図は読まれてしまっていた。

「運命というのはな、小僧、人に当たり前にあるものだ。なに、お前に運命が一つもないと言っているわけではない。ただ、儂らに絡《から》む運命がないということだ。お前は儂らと共になることもなく、そしておそらく敵となることもないだろう」

「そんなこと……」

わかるわけがない。そう言おうとした。だが、老人はニーナのことがわかっている様子だ。そしてニーナがなにかを隠《かく》していることを裏付けさせる物言いをする。

「……隊長は、その運命に関わっているのか？」

「そうだ。だが、あいつは言うまい。言う必要がないからではない。お前が関わる必要がないからだ。なにがどうあってもあれの口から全てが語られることはない。そして儂も、そのことについては語らん」

こちらの考えを読まれたか、レイフォンの望む答えはなかった。

「小僧、関わらずとも良いことに、無理に関わる必要はない。なまじ武芸の才能が秀《ひい》でていたためにここまで来てしまったようだが、しかしここまでだ。ここから先、存分に戦うことさえ苦労するお前が、いてもいい場所ではない」

「……なにを」

そう言ったレイフォンの声は、自分でも驚《おどろ》くほど弱々しかった。

「お前の情報は持っている。レイフォン・アルセイフ。一度はグレンダンで天剣をその手にしたこともある。だが運命はお前ではないと宣告した。故《ゆえ》に天剣はその手から離《はな》れた」

「っ！」

「お前が戦う必要はない。お前はお前の運命を生きるべきだ。おとなしく、この戦場から立ち退《の》くが良い」

「立ち退けって……」

「この都市の地下ならば安全だ。事が終わるまでじっとしておれ」

そう言われた瞬間《しゅんかん》、レイフォンはどうしようもない屈辱《くつじょく》を感じた。同時にツェルニに来て最初の汚染獣襲撃《しゅうげき》のときのことも思い出していた。あのとき、自分はニーナに逃《に》げるように言った。シェルターに避難《ひなん》するようにと。

あのとき、ニーナが感じた怒《いか》りを、レイフォンはいま感じているのか？

いや、彼女には自分にはない使命感がある。だからまったく同じものではないだろう。

だがそれでも……

「……ふざけるな」

レイフォンの口は、その言葉を作った。

「逃げろだって？　じっとしてろだって？」

作る自分を止められない。さらなる言葉を紡《つむ》ぎたくてしかたがない。だが、百万言を弄《ろう》したところで自分のいまの感情を表現しきれるとは思えなかった。

「ふざけるな！」

だからこそ、この一言で終わらせる。

「ふん、血気盛んな若造が言いそうな言葉だ」

老人は揺《ゆ》るがない。レイフォンは怒りで荒《あら》くなりそうな自分を戒《いまし》めつつ、剄を奔らせる。

「残念ではある。お前のような強者が儂の都市で生まれておればとな。だがお前はシュナイバルで生まれてはおらん。グレンダンで育ちながら、グレンダンは手放した。それはグレンダンが運命に備える力を持てあましておるということか。それともお前が、どうしようもなくこの運命に乗り切れなかったのか」

「シュナイバル、だって……？」

もう老人の言葉には耳を貸さない。そう思っていたのだが、その名前だけは聞きのがせられなかった。

ニーナの生まれ故郷の名前だ。

「以前から、隊長を知っているのか？」

「ふん、ちと口が滑《すべ》りすぎたか。だがまぁいい。知っていて当然だ。儂の名はジルドレイド・アントーク」

「アントーク……」

それはニーナと同じ家名だ。

「ニーナは儂の一族よ」

「それなら、こんなことをしていないで、隊長を助けに……」

こうしている間に、すでにニーナは巨人《きょじん》たちとの戦いを始めてしまっている。激しい剄の奔流《ほんりゅう》を感じる。それは普段《ふだん》の彼女のものとはとても思えないほどに強力な波動を宿していた。

話にだけは聞いていた。これが廃《はい》貴族の力なのだろう。

しかしそれでも、老生体を三体も相手にするのは辛《つら》すぎる。

「何度も言わせるな」

戦いの様子はジルドレイドにも見えているはずだ。しかし老人に動揺《どうよう》はない。

「あの程度を切り抜けられないのであれば、この運命の流れを作ったものの目が不確かだったということだ。そしてそのときは儂らの宿願もまた、刻《とき》いたる前に暗雲が立ちこめることになる。必要なのは優しさではない。峻烈《しゅんれつ》なる試練だ」

「そんな……」

それが、自分の家族に向ける言葉なのか。

いや、そういうものなのか？　グレンダンで養父と戦ったときのことを思い出す。ルシャに都市を離れることの現実を突きつけられたことを思い出す。

リーリンに拒絶《きょぜつ》されたときのことを思い出す。

血は繋《つな》がっていなくとも、彼らは家族だった。だがいまはもう違《ちが》うのかもしれない。違わないかもしれない。トビーたちは手紙をくれた。しかし繋がりがあっても、もはや自分はグレンダンには戻れない身だ。ルシャの指摘《してき》した冷たい現実に追いやられた身だ。

文面に込められた優しさと労《いたわ》りと激励《げきれい》が真実のものなのか、もはや確かめられない。確かめる必要などないのかもしれない。トビーたちをレイフォンは信じている。あの手紙を疑う理由はない。

では、この老人に優しさはあるのか？

ニーナに対しての優しさだ。

あったとしても、それはレイフォンにはわからない。

そしてあったとしたら……いま助けに行かないことこそがニーナのためになるのだとしたら。

たとえそうだとしても。

「それなら、僕がやることはやはり変わらない」

そうだ。やることは変わらない。心で繰《く》り返《かえ》す。剄脈を叱咤《しった》する。

「あなたを倒《たお》して、隊長を助けに行く」

「わからん小僧だ」

老人の剄が圧力を増す。その感触《かんしょく》は、さきほどまでレイフォンと戦っていたときの比ではない。

いや、そうだ、これだ。

老生体と戦っていたときの剄の圧力はこれだった。

では、さきほどまでは手を抜かれていたのか？

違う。この程度でいいと思われていたのだ。

そのことに怒りを感じないわけではないが、冷静さを失うほどではない。そんなことより、眼前で跳ね上がる剄圧《けいあつ》に、レイフォンは複合錬金鋼《アダマンダイト》を構え、連弾《れんだん》の体勢を作る。

「器用が取《と》り柄《え》の小僧が、力押しで儂《わし》を負かそうというか」

「…………」

もう、相手の言葉には答えない。

答えは刃《やいば》の先にある。

レイフォンの意思をくみ取ったのか、ジルドレイドは不敵に笑った。

「ならばよかろう。応えてやろう」

その身から放たれる黄金の剄光がジルドレイドの姿から色を消す。自らの放つ光によって自らが影《かげ》となったかのごとく、その身が黒に染まっている。

黒い影が二振りの鉄鞭を構える。

「ガキの意地は力任せに打《う》ち砕《くだ》くに限る」

影はそう言い放つと、レイフォンに向けてまっすぐに迫《せま》ってくる。

速い。そして早い。レイフォンは焦《あせ》る気持ちを抑《おさ》え込み、瞬間を細切れにしてギリギリまで剄を連弾し続けることに集中する。

剄の圧力はジルドレイドが間合いに踏《ふ》み込むよりも早く、レイフォンを吹《ふ》き飛《と》ばしてしまいそうだった。

堪《こら》える。だが圧力は現実として、レイフォンを後ろへと押し続ける。この圧力に飲み込まれてはだめだ。だが、堪えたままでは姿勢が固まる。

いや、固まってもいい。体勢を前のめりに。流れに逆らい、剄を連弾する。

放ち、留め続ける。

ギリギリまで。

ジルドレイドの鉄鞭がレイフォンに触《ふ》れるその寸前まで。寸余の時間すらも余さず、この一撃《いちげき》のために剄を連弾する。

そして、ジルドレイドの姿が、眼前に。鉄鞭は頭上に振《ふ》り上げられている。二振りの鉄鞭が交差するように振り下ろされる。

交点はレイフォンの左肩《ひだりかた》だ。そこに、レイフォンはジルドレイドのわずかな甘さを感じ取った。ニーナの知り合いだから殺すわけにはいかないと思ったか。それとも、この瞬間にまでも手を抜いたか。

どちらであれ！

心で叫《さけ》び、レイフォンは刃を解き放つ。

外力系衝剄の連弾変化、重ね焔切《ほむらぎ》り。

複合錬金鋼《アダマンダイト》の長大な刀を一気に振り上げる。交差する鉄鞭の中心を切《き》り裂《さ》く軌道《きどう》を描《えが》いた刃はそれを成《な》し遂《と》げられずに食い合う。

ほんのわずかな時間、力が拮抗《きっこう》する。

しかしそれは本当にわずか、力の均衡《きんこう》を保てず、ジルドレイドの剄力が勝ったのだ。衝《しょう》突《とつ》点でぶつかり合った剄はそこで爆発《ばくはつ》する。剄技としての形を失い、ただのエネルギーとして爆風《ばくふう》を周囲に撒《ま》き散《ち》らす。爆圧《ばくあつ》の全てがレイフォンを襲《おそ》わなかっただけ、レイフォンの剄はジルドレイドのそれに追いつこうとしていたということを示している。

しかしそれでも、力の勝負に負けた。

降り注ぐ爆圧にレイフォンは全身を地面に叩《たた》きつけられるような衝撃《しょうげき》に襲われ、そして反動で吹き飛んだ。

宙を舞《ま》うレイフォンは、必死に意識を繋ぎ止める。その最中、右手に握《にぎ》られたままだった複合錬金鋼《アダマンダイト》が不意に空虚《くうきょ》な手応えを伝えてきた。連弾に耐《た》えきれず、自壊《じかい》してしまったのだ。

空中を舞いながら、レイフォンは申し訳なさを感じていた。レイフォンの剄に耐えきれず錬金鋼《ダイト》が壊《こわ》れるということは何度もあった。だが最近は、壊れること前提で技を使っている気がする。

それだけ、レイフォンの側《そば》にある事態は緊急《きんきゅう》を要し、そして危険が大きいということでもある。

(すいません)

壊れた錬金鋼の手応えの向こうに、ハーレイとキリクの顔が見え、レイフォンは二人に詫《わ》びた。だが、レイフォンは信じてもいる。あの二人なら、いつかレイフォンの剄を全て受けてくれる錬金鋼を作ってくれると信じている。

「だから、いまは……っ!!」

切れかけた意識を完全に繋ぎ止め、レイフォンは手にしたままだった複合錬金鋼の柄《つか》をゆっくりと手放す。

気絶を装いながらジルドレイドを確かめる。追撃《ついげき》してくる様子はない。気絶したと思ったか?

いや……

斬撃《ざんげき》がほんのわずかでも通ったのだと信じる。その切っ先が触れることがなかったとし

ても、連弾された剄が爆圧を貫《つらぬ》いて老人の体を打ったのだと信じる。

自分さえも信じられなくなれば戦いなどできるはずがない。

そして、ニーナの抱《かか》えた秘密を知るためには、自分にただ一つある武芸者としての才能を信じないわけにはいかない。

そして、落下する。

落下の瞬間《しゅんかん》まで弛緩《しかん》させていた体に剄を奔らせる。

簡易型複合錬金鋼《シム・アダマンダイト》を再度復元、ここから……

「なにをしようてか？」

ジルドレイドの姿がすぐそこにあった。

気絶のふりを見抜《みぬ》かれていたか、あるいは追い打ちのために追ってきたのか、黄金の威《い》圧《あつ》を撒くその姿に、レイフォンは振り下ろされた鉄鞭を簡易型複合錬金鋼で受け止める。

受け止められた。

見れば、黄金の剄の向こうで老人のスーツが赤く汚《よご》れている。レイフォンが信じた通り、剄の一部が届いたのだ。

「やはり己《おのれ》の器用さに負けて小手先に走るか。愚《おろ》か者《もの》めが」

「小手先だって使う」

傷を負ったとはいえ、鉄鞭にかかる力は重く、レイフォンは膝《ひざ》を付く。

「なんだって使う」

剄を、奔らせる。

レイフォンの足、膝を付いたその場所には放置した青石錬金鋼《サファイアダイト》の柄があった。リンテンスによって鍛《きた》えられた鋼糸の技は、体のどの部分からでも剄を通して鋼糸を操ることを可能とさせている。

「もう、知らないままに追い出されるのはたくさんだ」

その瞬間、都市の各所に散らばっていた鋼糸が一斉《いっせい》に動いた。

「ぬっ」

ジルドレイドがその場から退こうとする。

しかし間に合わない。

外力系衝剄の変化、繰弦曲《そうげんきょく》・魔弾《まだん》。

全方位からの鋼糸による刺突《しとつ》はさすがのジルドレイドもこのタイミングで避《よ》けきることはかなわない。そして虚《きょ》を突《つ》かれたがために防御《ぼうぎょ》の剄も万全ではない。

それでも鋼糸の刺突のほとんどは黄金の剄によってその進路をねじ曲げられ、虚《むな》しく空《くう》を駆《か》け抜《ぬ》ける。

しかしそれでも、鋼糸の幾本《いくほん》かはジルドレイドを貫き、そこに込められた剄を老人の体内で弾《はじ》けさせた。

「ぐぅ」

汚染獣を体内から破壊《はかい》する剄技だが、老人の体はそうはならない。極限状態で満足に剄を込められなかったこともある。なにより、貫かれながらもジルドレイドの防御の剄がそれを許さなかったということでもある。

ジルドレイドが膝を付いた。

黄金の剄がレイフォンの見ている前で色を失い。普通《ふつう》の武芸者のものとなり、さらに輝《かがや》きを失っていく。

「小細工とはいえ、やるな」

「……あなた、もしかして」

あまりにも急激な力の失いように、むしろレイフォンが驚《おどろ》いている。あれだけの剄力があれば、その傷を瞬時《しゅんじ》にとは無理でも、血の流れを止め、裂けた筋組織を癒着《ゆちゃく》させ、動けるまでにすることは可能なはずだ。鋼糸は剄脈を突かなかった。破壊したわけではない。

最初の打ち合いでどちらがより痛手を被《こうむ》ったかといえばレイフォンのはずなのだ。

「ふん、ニーナには言うな」

「そんな……その体で、どうして？」

「これが、運命だからだ。小僧。貴様にはわかるまい。見守ってきた一族の子がそうなってしまった哀《かな》しみなど、貴様にはわからん。それでもやらねばならぬ窮状《きゅうじょう》など、貴様には理解もできまい」

「そんなの……」

なにか反論しようとして、レイフォンは口を止めた。

言葉だけでなく、行動の理由や理屈《りくつ》でこの老人に勝てるとはとても思えなかった。

「……たぶん、あなたの方が正しいんです」

しかし、自分の無力を認めたくはない。わがままかもしれない。身勝手かもしれない。それによってなにかが悪い方向に転がったとしたら……？　そう考えたら怖《こわ》くなる。

「でも、だからなにもするなって言われても、納得できない。僕にだってできるなにかがあるはずだ」

もう身近な人に突き放されたくはない。

「我《わ》が儘《まま》な奴《やつ》だ」

呟《つぶや》く老人に立ち上がる様子はない。

「だがまぁいい。なにがやれるか見せてみろ。それでも邪魔《じゃま》ならば、そのときは殺す」

言葉に込められた殺気は本物だ。やるならいまという考えが浮《う》かんだが、体が動かない。ニーナの血縁《けつえん》だということもあったかもしれない。しかしそれ以上に、満身創痍《まんしんそうい》の、到さえも発していない老人にレイフォンは精神的に圧《お》されていた。自分にはないものを持つ精神的な強さをそこに見た気がした。

なにより、レイフォン自身満身創痍で、動きが鈍《にぶ》くなっているという自覚もある。

動かないレイフォンをどう思ったか、老人はこちらを見たまま動かない。

しかし、周りが動く。

ジルドレイドの足下にある地面が崩《くず》れる。有機プレートを構成していた蔓が解《ほど》け、老人を守るように囲い始めた。

「どうであれ運命は動く。お前はただ無力を嚙《か》みしめるだけかもしれんぞ」

「…………」

蔓が形作る円蓋《えんがい》に収まりながら老人が言う。

レイフォンはなにも答えない。ただ、老人が完全に消えるのを、活剄で傷を癒《いや》しながら見守った。

ジルドレイドが退くというのなら、それにこだわる必要はない。

いまは、ニーナを援護《えんご》するために向かわなければならない。

†

背後で剄が激しい衝突を起こしたことは、ニーナもまた気付いていた。

だが、それを確かめている余裕《よゆう》はない。

目の前には巨人《きょじん》が三体。大きさに似合わない機敏《きびん》な動きに、ニーナは囲まれないように動き回るので精一杯《せいいっぱい》だった。

こんなものを投げ飛ばし、あっと言う間に叩《たた》き伏《ふ》せた大祖父の実力は信じられないものだった。

「くっ」

巨人の一体が拳《こぶし》を振《ふ》り上げる。ニーナは振り下ろされた瞬間を狙《ねら》って跳躍《ちょうやく》する。拳が地面を打ち、都市が振動《しんどう》する中、ニーナはその巨人の肘関節《ひじかんせつ》の辺りに着地し、一気に腕《うで》を駆け上る。

目指すは巨人の肩《かた》。

他の巨人が腕を伸《の》ばしてくるのを避け、拳を引き上げる動作での体の揺《ゆ》れに足を取られかけながら、ニーナは肩に到達《とうたつ》、さらなる跳躍。

「はあぁ！」

廃貴族《はい》の力を後押しに、衝剄の反動で落下速度を上げる。巨人の滑《なめ》らかな頭部に向け、鉄鞭に剄を込める。

外力系衝剄の変化、雷帝槌《らいていつい》。

片方の鉄鞭で剄を爆発《ばくはつ》させさらに速度を上げると、もう片方の鉄鞭を巨人の頭部に叩き落とす。

強力な剄のこもった振動波が巨人の内部を駆け抜け、その体軀《たいく》が傾《かたむ》く。

体勢の崩れた巨人からニーナは跳躍し、別の巨人を目指す。

落下の予測地点は頭部周辺。その巨人がニーナの位置をすばやく捕捉《ほそく》すると、拳を突き出してくる。拳の真芯《まっしん》がニーナを捉《とら》えている。衝剄の反動を利用した軌道変更《きどうへんこう》では間に合わない。

ならば。

「うおぉぉぉぉぉ!!」

ニーナは全身を仰《の》け反《ぞ》らせて鉄鞭を振り上げると、二振りを同時に拳に叩きつける。巨拳と鉄鞭の衝突《しょうとつ》に大気が波紋《はもん》を広げる。波紋の剛風《ごうふう》が髪《かみ》を引っ張る中、ニーナは前転の要領で回転すると巨拳の上に出る。

そして疾走《はし》る。

さきほどと同じように巨人の頭部に一撃《いちげき》を加え、そして離脱《りだつ》。別の巨人を目指す。囲まれないようにするためにも、そして逃《に》げ回るだけにならないようにするにも、これが一番の作戦だと思っている。

だが、巨人の体力は無尽蔵《むじんぞう》のように思え、そしてあまりにも頑丈《がんじょう》だ。一撃や二撃加えたところではなんの変化も見受けられない。

なにより、汚染獣特有の強力な再生能力のことも考えれば、あまりに無意味な攻撃《こうげき》を散発しているにしか過ぎないのではないかと思ってしまう。

「くそっ」

ニーナは空中を舞《ま》いながら焦《じ》れた気持ちに焼かれそうになる。

背後で感じたあの剄の衝突はなんだったのか？

そしてその前に、地下から噴《ふ》き上がってきたような剄の圧力は？

「考える必要があるか」

あれはレイフォンだ。気絶から覚めたレイフォンが地上へと出てきたに違《ちが》いない。

それでどうなった？　ジルドレイドと衝突したのか。

レイフォンの実力は信じている。しかしそれでも、あの圧倒的《あっとうてき》にさえ感じたジルドレイドに勝てるとは思えなかった。

では、どうなった？

まさか…………

「そんなこと、考えている暇《ひま》は…………っ!!」

だが、考えてしまった。

それが隙《すき》になったかといえば、そうとも言える。

だが、それだけではない。

あるいは巨人たちはこの均衡《きんこう》の崩れを待っていたのかもしれない。ニーナの空中戦、捕《つか》まえきれない巨人たち、そして倒《たお》しきれないニーナ。長期戦になると判断した時点でこうなることを待っていたのか。手順の決まった行為《こうい》は緊張感《きんちょうかん》を持続しきれない。そして急な変化への対応がわずかでも鈍くなる。

そしてニーナには、背後のことを気にするだけの余裕ができてしまっていた。

まさしく、この瞬間《しゅんかん》。

「なっ！」

ニーナは、まずそんな声を上げた。

そして対応しなければまずいと思いつつ、金剛剄《こんごうけい》を行うべきか、それとも衝剄で軌道変更するべきか、ほんのわずか判断に迷う。

ニーナの眼前で巨人が形を変えた。いや、崩れた。崩れて、形を変えた。巨人の姿が見る間に砂のようなものに変わり、そしてばらばらに集結していく。

無数の槍《やり》へと変化する。

それは眼前の巨人だけではない。ニーナを囲もうとする残り二体の巨人もそうだ。

「しまった」

吐《は》き捨《す》てるとともに金剛剄を選択《せんたく》する。かわしきれない。だが、受けきれるかどうかわからない。巨人三体分の質量がある槍の雨を受け止めきれるのか。

いや、受け止める。

空中で我が身を抱《だ》くように腕を回し、体を丸める。

耐《た》えきってみせる。

いや違う。

極限の状態で記憶《きおく》を掘《ほ》り起《お》こす、糸口を見つけ出すために。

思い出せ、この技を最初にレイフォンに見せてもらったとき、自分はどうなった？　極限の状態で記憶を掘り起こす、糸口を見つけ出す。手首を痛めた。それはニーナが未熟だからそうなったのだが、しかしそこに、ニーナの気になるものがあった。

硬《かた》いものを打てばその痛撃《つうげき》は反射する。

その効果をもっと極限化できないか？

考える。だが、ニーナはレイフォンではない。どうやればそういう形に剄技を変化させられるのか、瞬時《しゅんじ》には思いつかない。

「ええい！」

間に合わない。ニーナは全力で剄を奔らせ、金剛剄を纏《まと》った。

そして槍が降り注ぐ。

槍の一本一本は普通《ふつう》に武芸者が使う、人間サイズのものだ。

だがそれが、数百、あるいは数千、数え切れないほどにニーナに向かって襲《おそ》いかかってくる。槍の石突《いしづ》き部分が火を噴き、猛然《もうぜん》とした勢いでニーナを串刺《くしざ》しにせんとやってくる。柄《え》の部分の各所から細かい炎《ほのお》が吹《ふ》き、軌道《きどう》修正さえしてくる。

ニーナの金剛剄はそれを防ぐ。槍は、あるものは金剛剄に弾《はじ》かれて進路を変え、あるいは炎による推進力が失われるまでニーナを貫《つらぬ》かんとする。

ニーナの姿は瞬《またた》く間《ま》に槍によってできあがった針玉《はりだま》に埋《う》もれてしまった。針玉の先となった石突き部分の炎が触《ふ》れ合い、繋《つな》がり、針玉を覆《おお》う炎の膜《まく》となる。

針玉から燃え盛る炎の玉へ。

「ぐっ、うう……」

その中心にいるニーナは、ただ耐えるしかない。

金剛剄はそういう技だ。己の剄力を信じ、己の錬磨《れんま》を信じ、勇気を持って敵の攻撃にその身を晒《さら》す技だ。

耐えきる。

耐えきってみせる。

体の表面に張《は》り巡《めぐ》らせた金剛剄の膜に、ニーナは自分の意思をのせる、剄を奔らせる。

眼前には無数の穂先《ほさき》がある。それに貫かれることを恐《おそ》れてはいけない。恐れは臆病《おくびょう》を呼び、そして臆病は逃げの考えを呼ぶ。逃げることを考えたとき、金剛剄はその本質を見失い、自壊《じかい》する。

その先にあるのは死だ。

それを恐れない心、金剛剄を最初に教えてくれたとき、レイフォンはこの技の本来の使い手であるリヴァースのことを語った。それはまさしく、いまニーナが保とうとする心を持った人物のようだった。

出会ったこともないリヴァースを目指し、ニーナは心を硬く維持《いじ》する。

やがて、槍に込められた推進力が途《と》切《ぎ》れる。炎が消え、針玉が姿を現わし、そしてそれもまた引力に従って落下を始める。

槍の推進力によって宙に持ち上げられていたニーナもまた落下する。

落下へ入る寸前に、ニーナは少しでも槍から離《はな》れようと、衝剄を放って落下地点を変えた。

だが、その衝剄が弱い。軌道変更は心許《こころもと》ない程度のものだった。

「はぁはぁ……くそっ」

巨人三体分の大質量を受け止めたツケが回ってきている。メルニスクさえも沈黙《ちんもく》し、体から力が抜《ぬ》けていくのを止められない。

膝《ひざ》から力が抜けたため、ニーナは着地に失敗した。転げ、顔を打つ。

「くそっ、おい、メルニスクっ！」

(うむ、わかっている)

廃貴族の声に陰《かげ》りはない。だが、体内に戻《もど》ってくる力に先ほどまでの勢いはなかった。

たとえ廃貴族といえど、その力は無尽蔵ではないということか。なんにでも限界は存在する。当たり前のその事実に気付いて、ニーナは愕然《がくぜん》とする。

だがいま、その限界に来られては困る。

廃貴族にも、そして自分の体にも。

「くそっ、動け」

膝から抜けた力を呼《よ》び戻す。だがやはり、思うようにいかない。

焦《あせ》る。

槍は凌《しの》いだ。だが凌いだだけだ。

破壊《はかい》したわけではない。

「くっ」

考えている間に動き始めた。槍の柄部分から炎が吹き、落ちて散らばっていた槍が穂先を立てて直立する。

一斉《いっせい》に起き上がった槍は推進力の補充《ほじゅう》を終えたのか、再び炎を吹いて空へと駆《か》け上がる。

だが、全てがそうなったわけではない。一部の槍は残り、ニーナに向かって直進してきた。

ニーナは鉄鞭を振《ふ》るってそれらを叩き落とす。一部とはいえその数は膨大《ぼうだい》だ。全周囲から同時にではないだけに払《はら》い続けることはできるが、しかしニーナはまたも罠《わな》に落ちたことを実感せざるを得ない。

払い続けることはできるが、一度そうしてしまうと鉄鞭を引き戻す、あるいは返す速度と槍がこちらに辿《たど》り着《つ》く速度が連動していることに気付いた。

つまり、これはニーナをここに足止めさせるために撃《う》たれている。

本命は……

「上からか……」

だが、逃げ出せない。そういうタイミングで槍が放たれている。この場から退避《たいひ》しようとすれば動作が乱れ、足止めの槍に貫かれることになる。

ヴァティの殺意をニーナはその身で感じていた。彼女はツェルニにいたまま、ニーナを殺そうとしている。自分の正体を知る者を消そうとしている。

しかし、どうしてそこまで自分の正体を隠《かく》そうとしているのか。

グレンダンでの激闘《げきとう》を利用してこちら側にやってきて、そして正体を隠し、彼女はなにをしようとしているのか。

「くぅぅ………」

それがわからないまま、ニーナは頭上から迫《せま》る槍の奔流《ほんりゅう》をただ見上げることしかできなかった。

そして、見ることになる。

その奔流が突如《とつじょ》として流れを乱す場面を。

†

外力系衝剄の変化、繰弦曲・薙蜘蛛《なぎぐも》。

あのときに鋼糸を回収できなかったことが不幸中の幸いとなった。すでにこの都市のほぼ全域に散らばっている鋼糸を利用すれば陣《じん》も編みやすく、難易度の高いリンテンスの繰弦曲を使うことができる。

レイフォンの放った鋼糸はニーナへといままさに降り注がんとしていた槍の雨を薙《な》ぎ払い、あるいは搦《から》め捕って軌道を変更《へんこう》させる。

「隊長っ！」

事態の急変に呆然《ぼうぜん》としているニーナへとレイフォンは疾走《はし》る。鋼糸によって軌道が変更した槍がレイフォンの周囲にも降り注ぐが、その落下を制御《せいぎょ》しているのはレイフォンだ。恐れることもなくニーナへと突《つ》き進《すす》んだ。

「レイフォン、無事だったか」

「のんびりしてられません、とにかく一度退避を」

安堵《あんど》と呆然が入り交じったニーナにレイフォンは告げると彼女の腕《うで》を摑《つか》んで立ち上がらせ、肩《かた》に担《かつ》ぐ。急激な剄の使用で剄脈が疲《つか》れ切っているのだと見てすぐにわかった。

「すまん」

レイフォンにしてもジルドレイドとの戦いで受けた傷を活剄で塞《ふさ》いだだけという状態で、満身創痍《まんしんそうい》から一歩脱《だっ》したという程度でしかない。

それでも、ニーナを担いで走る。

「レイフォン、大祖父さまは？」

ニーナが聞いてくる。その言葉で、ジルドレイドが嘘《うそ》を言っていなかったことがはっきりした。

「…………」

レイフォンと視線があった瞬間《しゅんかん》、ニーナは失言に気付いて表情を歪《ゆが》めた。

いろいろ推測してきた。最初は、フェリの勘《かん》のようなものでしかなかった。グレンダンでの戦いはまだ続いている。そのことにニーナがなんらかの形で関わっているかもしれないと。ただの推測だ。だけどレイフォンたちは、彼女が秘密を持っていると確信してそれを調べようとした。

その確信が本当だったことを、この都市での出来事が証明した。

しかしいま、レイフォンは本当の意味で確信が現実だったことを確認した気持ちだ。

ニーナの表情が全てを物語っていた。

「無事だと思います。都市のどこかに潜伏《せんぷく》しました」

しかしいまは、それだけを言う。

目の前の難事がそれ以上のことをいまは考えさせてくれない。

「とにかくいまは、こいつをなんとかしないと」

巨人《きょじん》が無数の槍《やり》になるところはレイフォンも見ている。第一波のときには援護《えんご》がまにあわなかった。しかし、ニーナが耐《た》えてくれたおかげでレイフォンも動けるほどには回復し、繰弦曲の陣を編むこともできた。

陣が完成している以上、薙蜘蛛はこれからも即座《そくざ》に動かせる。

こちらが戦う態勢はできあがった。

すでに複合錬金鋼《アダマンダイト》は失っている、レイフォンもニーナももはや全力で戦える体ではない。

ニーナが抱《かか》えている秘密やジルドレイドの言葉は、いまは頭から追い出す。

いまここにあるのは命の危機だ。

乗《の》り越《こ》えなくては、その先のことはなにもないのと同じだ。

「絶対に、生き延びましょう」

「ああ、わかってる」

ニーナの声が応じる。

それを聞きながら、レイフォンは地上に突《つ》き刺《さ》さった槍が形を崩《くず》し、大量の白い砂のようなものとなり、そして三つの場所に集結していく様を見ることになる。

それらは固まり、再び巨人の姿を取る。

老生体はその姿が全て違《ちが》う、変幻自在《へんげんじざい》の成長を遂《と》げることは知っている。

だが、ここまで形を自在にするようなものがいるだなんて思わなかった。いままで見た老生体は、少なくとも一つの形から変化することはなかったはずだ。

形を変幻自在とする老生体。しかもまったく同じものが三体。ジルドレイドが戦っていたものもそうだったのなら四体だ。

ツェルニを襲《おそ》ったあの異常汚染獣たちのことを思い出す。あれも形を揃《そろ》えた群だった。

この巨人もやはりそうなのか。

いまはそんなことは関係ない。そう思いながらも考えてしまう。

勝たなければその先はない。いま考えたこともまた生き残ってから考えればいい。

変化の途中《とちゅう》に鋼糸を放ってみたが、それはあっさりと素通りしてしまった。形を整えた状態でなければ有効な一撃《いちげき》を加えられないのかもしれない。

そして向こうもまた、形を持たなければこちらに対してはなにもできないということなのだろう。そうでなければ、あの白い砂の状態で攻撃《こうげき》された方がはるかに厄介《やっかい》だ。

どうやって潰《つぶ》す？

そのことを考えながら、巨人の完成を待つ。

だが、巨人が完成することはなかった。

「……なんだ？」

巨人は完成されつつあった。白い砂は山のように盛り上がり、そこから人の形を、泥人《どろ》形を作るように巨人の姿になろうとしていた。

しかし、遅《おそ》い。二人とも、巨人から槍へと変わったときの速度を見ているだけにその遅さに異常を感じた。

なにより、泥人形となったところで動きが止まったようにさえ見えた。砂が泥人形の表面で波打ち、蠢《うごめ》いているのはわかっている。だがその動きが巨人を形作るためのものではないように見える。

「おかしいですよね？」

「ああ。なんだ？　まるでなにかを待っているような……」

ニーナがそう呟《つぶや》いたときだ。

「あっ……」

思わず、レイフォンは声を上げた。

泥人形が動きを見せた。しかしそれは巨人への変身を再開したわけではない。

「崩れていく」

二人の目の前で泥人形が崩れていく。形を保つ力を失い、砂が崩れ、山へと戻《もど》る。そして、まるで風にでも吹《ふ》かれていくかのように砂は都市外へ向かって流れていき、見る間にその大質量がこの場から失われていった。

「……罠か？」

まだ緊張《きんちょう》は解けない。ニーナの呟きをレイフォンは否定できない。

お互《たが》いに背を預け、周囲を警戒《けいかい》する。

しかし、二人を包むのは空振《からぶ》りしたような緊張感だけであり、敵の手応えはどこにもなかった。

「まさか本当に……？」

ニーナの呟きに、それでも油断なく辺りに目を配っていたレイフォンは自分たちに近づく小さなきらめきを見つけた。

（隊長、レイフォン）

その声に、二人は心が軽くなるのを感じた。まだ油断はできないとわかっていても喜びが顔から溢《あふ》れ出してしまう。

　フェリの念威端子《ねんいたんし》だ。

（原因不明の念威妨害《ぼうがい》にあっていましたが、それも止まりました）

「お前たちは、いまどこに？　いや、敵は？　フェリは確認できるか？」

（隊長たちの前にいた謎《なぞ》の物体のことでしたら、霧散《むさん》してしまいました。いくらかはまだ追跡《ついせき》できていますが、現在も都市外への拡散を続け、すでに八割以上が追跡不可能の状態となっています）

「つまり……」

（はい。その都市での危険は、いまのところ確認できません）

「……そうか」

　深く息を吐《つ》いて、ニーナはそう言った。

（……そちらへ向かうのに三時間ほど要します。都市外装備が破損している様子ですので、いったんそちらに上がって装備を届けたいのですが……）

「ああ、わかった。すまない。フェリが確認できないのであれば、危険はないはずだ。一応、こちらでも再度確認しておく」

（お願いします）

(心配させんな、馬鹿野郎《ばかやろう》)

通信が切れるかと思ったところで、別の声が割り込んできた。

シャーニッドだ。

「……すまん」

(ったくよ。いい男が迎《むか》えに行ってやる。惚《ほ》れるなよ)

(妄想《もうそう》で遊んでないで速度を上げろ)

シャーニッドの軽口をダルシェナが冷たく切り捨てる。

「ははっ」

ニーナが声を漏《も》らして笑った。

その声が、少し哀《かな》しげに聞こえたのは気のせいだろうか。

彼女も苦しんでいる。

あるいは、そうなのかもしれない。

エピローグ

通常授業が終わり、ヴァティは校舎から吐き出された学生たちに混じって学園都市を歩いていた。これからの予定や他愛もない雑談がそこかしこに花《はな》を咲《さ》かせ、その音が学生たちの無秩序《むちつじょ》な足音と混ざり合う。

隣《となり》を歩く女生徒たちがこれから行く店を決めるために話している中、ヴァティは一人、歩いている。メイシェンの店は休日以外での終日営業は実質行えない。これからの予定は特になかった。

「対象の撤退《てったい》を確認。威力偵察《いりょくていさつ》は成功と判断。撤退してください」

小さく、誰《だれ》にも聞こえない声でヴァティは呟いた。

呟きそのものに意味はない。人間社会への擬態《ぎたい》を進めた段階で起こった不具合……つまり、人間であろうとしているために呟いてしまうのだが、ヴァティはことさら修正すべきこととも考えてない。

彼女の呟きは、音よりもはるかに速く彼女の放った偵察《ていさつ》部隊に届けられる。偵察部隊からの返答は破壊《はかい》可能対象がまだ存在するため、任務の続行を要請するものだった。

「いいえ、それには及《およ》びません。撤退し、本来の任務に戻ってください」

偵察部隊はそれ以上の反論はしなかった。

ここではない場所に存在する偵察部隊が撤退したことを確認する。

偵察部隊はこちらの望む結果を見事に出して見せた。接近してくる情報のない敵の戦力を調査してみせた。

ニーナ・アントークの隠蔽排除《いんぺいはいじょ》には成功していないが、それはいい。この学園都市内での人物相関図をこちらの手でこれ以上かき回すのは有効ではないと判断した。

「状況《じょうきょう》は全て良し。あとは……」

その先について、この学園都市での最終目的について考える。本来の作戦とは関係のない、人間的に言えば『私情』となる目的について考えを先に進める。

しかし、これ以上はヴァティから能動的になにかをすることはなかった。できることといえば精々《せいぜい》、学園都市の人物相関図をかき乱さないように、そしてこの学園都市を外からの刺激《しげき》に晒《さら》さないようにすること。

学園都市という名の箱庭を外敵からの脅威《きょうい》から守ることだ。

それ以外ではヴァティは観測者でしかない。そして観測することこそが目的でもある。

「お、おーい」

呼びかけられる前から誰かわかっていたが、ヴァティは足を止めて振《ふ》り返《かえ》った。

そこにはミィフィがいた。下校する生徒たちの間で自分を主張するために、小さく跳《と》んで手を振っている。そのたびに二つに結《ゆ》った髪《かみ》の毛《け》が大きく揺《ゆ》れた。

その隣にはナルキが、そして二人の陰《かげ》に隠《かく》れるようにメイシェンがいた。彼女もヴァティを認めてはにかむように微笑《ほほえ》んでいる。

「どうかしましたか？」

「どうかしましたかじゃないよヴァッティ。見つけたから声かけたの」

ミィフィの明るい声にヴァティは首を傾《かし》げる。疑問を感じたときの動作がごく自然に出てくる。擬態プログラムが正常に働いている証拠《しょうこ》だ。

「ヴァッティは、これからなんか用あるの？」

「いえ、とくにありませんが」

「それならさ、ちょっと美味《おい》しいもの巡《めぐ》りしない？　いやさ、グルメ記事書かないといけなくてさ。カロリーを分け合う仲間を探してたのよ」

「そうですか。わたしがいてもよろしいのですか？」

ミィフィの提案に、ヴァティはメイシェンを見た。

「うん。もしよかったら……」

「わかりました」

控《ひか》えめな肯定《こうてい》で、今日の予定が追加される。

「まぁさ、もうだめってなっても、大食い女王がいるからだいじょうぶなんだけどね」

「……ちょっと待て、それはあたしのことか？　もしかしなくても」

「大丈夫《だいじょうぶ》。ナッキならわたしたち三人が束になってもかなわないぐらい食べてくれるって信じてるから」

「ほほう？　それが仕事に付き合ってやる親友に対しての言葉か、よくわかった」

「あわわ、ちょっと待ってナルキさん。話し合いましょう。人類は醜《みにく》い争いから脱却《だっきゃく》すべきですと思ってみたりなんかしたりしてみたりするわけですがいかがお過ごしですか？」

「うん、とりあえずお前を殴《なぐ》ったらそんな気持ちになったりしたりするかもしれないからとりあえず殴らせろ」

「きゃー暴漢よー」

「誰が漢か！」

「じゃあ、暴女よー」

「よし、とりあえず湖行こう。脅威の人間投げを見せてやる」

人波をかき分けて逃《に》げていくミィフィをナルキが追いかける。

取り残されたヴァティは、同じく取り残されたメイシェンを見た。

「止めなくていいのですか？」

「いつものことだから」

「そうですか」

メイシェンの表情を見ている限り、事件にはなっていないようだと判断し、彼女に従って歩く。

「ところで、ミィフィ先輩《せんぱい》はわたしを『ヴァッティ』と呼んでいましたが、覚え間違《まちが》っていらっしゃるのでしょうか？」

「ミィは、人の呼び名を考えるのが好きだから」

「そうですか。……しかし、それでは発音が一つ増えてしまっていると思うのですが」

「うーん」

困った笑みを浮《う》かべるメイシェンに、ヴァティはなんとかしなくてはと考える。

「短くするのであれば『ヴァ』が適当ですね。ミィフィ先輩に提案してみましょう」

「そ、それは……」

さっそく提案するべく、ヴァティはミィフィたちを追いかける。遅《おく》れそうになるメイシエンの手を握《にぎ》り、二人で小走りに追いかける。

観測を続けるためにも、この都市には平穏《へいおん》であってもらわなくてはならない。

こういう平穏が必要なのだ。

†

いつの間にか、夕焼けが自分たちを染めていた。

「…………」

なにかを言おうとして、レイフォンはなにも言えなかった。

フェリからの通信が切れると、二人してその場に座り込んだ。活剄《かっけい》によって治癒《ちゆ》を行っているということもあるが、それ以前にこれ以上動きたくないという気持ちの方が強い。

都市のどこかに潜伏《せんぷく》したジルドレイドのことを考えれば、こんなところでのんびりしている暇《ひま》はないのかもしれない。しかし、フェリの念威《ねんい》がここに届いている以上、危険を見逃《のが》すということはないはずだ。いまは彼女に全《すべ》てをまかせて、この場でじっとしていたい。

「……疲《つか》れ、ましたね」

「ああ」

やっと言葉になったのはそれだけだった。

本当に疲れている。

もっと、他になにか言うべきことがあるかもしれない。いまなら教えてくれるかもしれない。ここにはレイフォン以外にはいない。いや、フェリの念威が都市に満ちているが、彼女なら問題ないはずだ。いや、自惚《うぬぼ》れてもいいのなら、自分とフェリにならば話しても問題はないのではないか、なにか恐《おそ》ろしいことが起こるというのなら、自分の武芸者の能力と、フェリの念威の能力はきっと役に立つはずだ。

「…………」

しかし、言葉が出てこなかった。ただ、眼前で同じように座り込んだニーナの背中を見ることしかできなかった。

夕日は背中にある。彼女の背は夕焼けに染まり、そしてそのまま夜の気配に連れて行かれてしまいそうだった。

なぜそう感じるのか。答えは簡単だ。

彼女はなにも語らない。ここにあったものは、ここで起きたことは全てグレンダンでの続きであり、そしてその戦いになんらかの形で引き込まれたニーナを中心にしていた。ジルドレイドはニーナの一族であり、あの巨人《きょじん》はツェルニを襲《おそ》った異常汚染獣《おせんじゅう》群と性質が似ていた。

ここであった戦いは彼女のための戦いだった。

ニーナはなにかの中心にいる。

そしてレイフォンはそこに入らせてもらえない。

『お前が関わらなくとも運命は動く』

なにかをする前からレイフォンを否定するその言葉が胸に響《ひび》く。痛みを呼ぶ。リーリンの顔を思い出す。レイフォンを突《つ》き飛《と》ばしたとき、彼女は俯《うつむ》いていた。そして顔を上げたとき、冷たい視線がレイフォンを貫《つらぬ》いた。

その瞬間になにかを期待するのはレイフォンの身勝手でしかないのか。しかしレイフォンは、あのときのリーリンがなにかを押し殺してあんな目をしていたのではないかと思えてしかたない。

そういうことを一つ一つ確認していくべきなのかもしれない。

もう、ただ痛いと言っているだけではだめなんだ。

「隊長」

「…………ん？」

「僕は、聞きませんよ」

「え？」

「知りたいことは、自分で調べます」

XVII
ZUELLNI
UNIVERSITY

「レイフォン……」

「やりたいことを、自分でやります」

振り返ったニーナはやはり夕焼けに染まっている。

だがもう、消えてしまいそうとは思わない。

「それを遮《さえぎ》るものがあるなら、全力で戦います」

レイフォンは宣言する。

それはレイフォンなりの宣戦布告だった。

なにものか、まだなにかもわからないものに対する、あるいは引《ひ》き離《はな》そうとする見えない力そのものに対する――

宣戦布告だった。

あとがき（のようでいて実はあとがきではないかもしれない。なぜならば……）

おれは走っていた。

全力で走っていた。はっきりいえば逃げていた。

夜の校内を全力で、前のめりにずっこけそうになっては腕を振り回して誤魔化《ごまか》して走り続ける。

逃げるというのはおれのキャラとして似合っていないこともないが、深くいえばそもそも全力で逃げなければならないような状況にいることそのものがおれのキャラではない。

つまりこんな状況はおれらしくない。

どうしてこんなことになったのか？

「エドくんエドくん」

事の発端《ほったん》は教室にやってきたエーリ先輩だ。

「な、なんですか先輩？」

以前にサークル活動の手伝いをして以来、なんだかんだとこの先輩はおれのところにやってきては雑用を頼んだりする。断ってもいいのだが、おれとしても新学年になる際《さい》に手に入れた新居がエーリ先輩のコネによるものだということもあって断りづらいものがあったりする。

「ちょっとこれを放課後まで預かってくれませんか？」

「へ？」

「必ず取りに来ますから、それまで帰らないでくださいね」

「は、はぁ……」

そう言い残すとエーリ先輩はバタバタと去っていき、おれの前には一抱えもある箱が残された。

そして、放課後になり、教室からは誰もいなくなり、窓は夕焼けに染まり、そして月夜の帳《とばり》が下りる。クラスメートなんてとっくに教室からいなくなっている。

おれは一人になり、いつまでもやってこないエーリ先輩にどうしたものかと途方に暮れるよりもまず不安になった。

先輩がどんな人物か……いや、先輩が関《かか》わることでなにが起こるか、わかっているからだ。

「だから、こういうのはおれのキャラじゃないんだって」

そうは言うが、起こってしまう。

つまりはそれ、超常現象というものだ。おばけ、悪魔、未確認生物……常識を逸脱《いつだつ》した現象が、勁《けい》でも念威でも汚染獣でもない。

なぜかどうしてかエーリ先輩の周りでは起こるのだ。

だから、突如《とつじょ》として箱がガタガタと動き出した時点でおれは全速力で教室から跳《と》びだした。廊下を疾走《しっそう》した。バタバタと腹の肉を踊《おど》らせた。先輩の頼みだったから箱の中身を絶対見ようとしなかったのに、まさか自分から動き出すとは思わなかった。

こうなったら逃げるしかない。新居を紹介してもらったときにつくづく身に染《し》みたその教訓を活《い》かす。


そしていま、おれは逃げている。廊下を全力疾走し、階段を三段飛ばしで下りていく。着地に失敗してずっこけそうになる。

バタバタバタバタ……

背後からすごい勢いで板紙の箱を振り回しているような音がしている。その音が離れない。追いかけてくる。

「やばいやばいやばい」

呟《つぶや》く。

「誰か、誰かいませんかぁ！」

叫んでみる。おれの叫びは校内のあちこちを反響しただけで終わった。

「いないのかよっ！」

とりあえずツッコむ。いないのか、聞こえてないのか、そもそもおれの存在がちゃんと校舎の中にあるのか色々と考えてみる。おれと箱だけ別の場所にいるとか……

どれであっても最悪というのは変わりない。

「こういうときはぁぁぁ」

走りながら、叫びながら、考える。前回はどうした？　この間はどうした？　マンションを占拠した《迷子の次元怪人》から逃げたときは？　調理実習室の排水口から現われた《切り裂かれマイケル》から逃げたときは？

「ていうか、おれ、逃げてばっかだぁぁ！」

それはそうなのだが、そこになにか……実はなにかすごいことをしていたかもしれない可能性を探ってみたが、当たり前のようにそんなものはなかった。

「ああ、やっぱりこういうときはぁぁぁ………」

そうだ。こういうときはこの人しかいないのだ。

エーリ先輩。エーリ・ダレンスタイン。都市から都市を渡り歩いて廃墟を巡る《怪奇卿》ノイマン・ダレンスタインの娘。

だけど、この箱を持ち込んだのはエーリ先輩で、その先輩がいまだに出てこないということは、彼女のたすけは望めないということではないか？

「ああもうっ！　どうすりゃいいんだ⁉」

走る。走り続ける。

階段を下り、廊下を走り、階段を下り、廊下を走り、階段を下って廊下を走ったはずなのにどうして校舎の外に出られない！　出口が見つからない⁉

「ていうかなにがどうしてどうなってるんだぁぁぁぁ！」

バタバタバタバタ……

箱の安っぽい音は相変わらず背後で鳴っている。振り返らずにずっと走っているのでなにがどうなっているのかわからない。

いっそ振り返ってみるか？

そう思ってみる。

いままでの経験から脇目もふらずに逃げたために相手の正体もわからない。わかったからどうにかなるというものでもないのだが、しかし見てみることでなにかがどうにかなるかもしれない。

「……よしっ！」

走り続ける。

そう簡単に決心が付くわけもない！

「……だぁ、でもそれだといつまでもこれをやってる気もするよなぁ」

見るべきか。

見ざるべきか。

逃げ続けるべきか。

逃げるのを止《や》めるべきか。

「いよしっ！」

覚悟を決める。次の一歩で止まって……

ぐきっ！

「ぐへっ」

止まれませんでした。かっこよく急停止しようとしたのが失敗だった。止まりきれず、足首を捻《ひね》り、そのまま転げた。転がった。

バタバタバタバタ……

痛みに呻《うめ》くおれの頭でその音が……

バタバタバタバタ……

近づき、近づき、そして……

バタバタバ……

止まった。

シィ…………ハア…………

そんな音か声が頭の上でしている。

もう……見るしか、ない。

覚悟を決めて顔を上げる。

そこにいるものを……見る！


「ばぁ」

箱を被《かぶ》ったエーリ先輩がそこにいた。

「え？」

「だから、ばぁ、ですけど？」

「いや…………ばぁ？」

「驚きませんでした？」

「いや、ばぁ、以前で驚きましたけど」

「ええ！」

「……そこ、驚くとこですか？」

びびりすぎて、驚いたり怒ったりする感情を心臓ごと止めてしまったような気分だが、とにかく、そこにいるのが本当に、ただ箱を被っただけのエーリ先輩であることをなんども確認した。

「……なにが、どうなってるんですか？」

「いや、箱……？」

「なにがですか？」

「箱……？」

エーリが首を傾《かし》げる。

「だって、先輩が預かってくれって……箱」

「どうして……？」

「いや、どうしてって……」

あれ、なんか変だぞ。おれは腹の中が冷えるような感触に内心で身構えた。

先輩が変なのはいまに限った話ではない。しかしそれにしたって、自分が預けた箱のことを忘れるなんてことは……

「どうしたんですか、エドくん？」

だいたい、いくら先輩が変だって出られない校舎の説明は付かないし……

「エドクンドウシタンデスカ？」

これは、逃げた方がいいのでは…………

「ドコニゲラレルノデスカ？」

そうだ。おれはどこに逃げればいい？　どうやって逃げればいい？　逃げるのに失敗したら…………

「サアエドクンイッショニハコニハイリマショウ。ハコノナカハキモチイイデスヨ」

エーリ先輩の目が怖い。逃げる場所なんてない。箱に入ればどうなってしまうのか？

おれは、差し伸べられる先輩の手から逃れられなかった。

「ふふふ、いい加減、起きてくださぁい」

「ふぇぶっ！」

額《ひたい》をノックされて、おれは驚いた。

「……ここは？」

教室だ。

「え？　夢オチ？」

「ほら、そろそろ行きましょう」

「……え？」

いつの間にそこにいたのだろう。エーリ先輩が箱を抱えて側《そば》にいる。外はもう真っ暗で、教室にはおれたち以外誰もいない。

夢オチ？　マジで？

「預かってくれててありがとうございますね」

「あ、いえ」

「でも、本番はこれからなのです」

「………………へ？」

「なにかあったら、この箱を被るんですからね？」

そう言って、エーリ先輩は空の箱を頭から被ってみせるのだった。

【予告】

無限箱地獄に堕《お》ちたエーリとエド…………（続きません）

ではなく。

レイフォンはついに確信を得た。しかし事態の進行はいまだレイフォンの手の届かない場所にある。世界の敵と定められたツェルニへと伸びる手。観察を続けるレヴァ。内外で進行する変化を受け止め続けるリーリン。同様に事態を受け止める側でしかないニーナの前に、試練は立ちはだかり続ける。

次回、『鋼殻のレギオス17　サマー・ナイト・レイヴ』

お楽しみに！

雨木シュウスケ

富士見ファンタジア文庫

鋼殻《こうかく》のレギオス16

スプリング・バースト

平成22年11月25日　初版発行

著者——雨木《あまぎ》シュウスケ《しゅうすけ》

発行者——山下直久

発行所——富士見書房

〒102-8144

東京都千代田区富士見1-12-14

http://www.fujimishobo.co.jp

電話　営業　03(3238)8702

　　　編集　03(3238)8585

印刷所——旭印刷

製本所——本間製本

ISBN978-4-8291-3591-4 C0193

ス
I L
[キャラクター原案] 深遊
前代未聞の悪夢が
レイフォンに襲い来る——!!
発行:富士見書房　発売:角川グループパブリッシング